어른들을
위한
탈무드

이대희 감수

박안석·김영환·이신표 공편

북북

어른들을 위한 탈무드

2019년 2월 25일 초판 1쇄 발행
2020년 10월 15일 초판 4쇄 발행

공편   박안석·김영환·이신표
감수   이대희
편집기획 이원도
디자인   이창욱
교정   이혜림, 이준표
제작   서동욱
발행처   빅북
발행인   윤국진
주소   서울 양천구 목동 중앙북로 38 롯데캐슬위너 107동 1504호
등록번호 제 2016-000028호
이메일   bigbook123@hanmail.net
전화   02) 2644-0454
전자팩스 0502) 644-3937
ISBN 979-11-960375-5-0 03890
값 13,000원

지구상에서 유대인은 한민족만큼이나 참으로 경이로운 민족 중의 하나이다. 수없이 많은 이민족들의 모진 박해에도 불구하고 5천년 이상 끈질기게 민족의 명맥을 지켜왔을 뿐더러 오늘날 세계 다방면의 분야에서 그들은 막강한 영향력을 행사하고 있다. 현재 지구상에서 유대인은 불과 1,650만명 남짓한 정도이다. 남한 인구의 3분의 1에도 못 미친다. 그러나 20세기에 들어와서 중요한 인류의 발전에는 반드시 그들의 이름이 항상 등장하곤 하였다. 지난 100년간 인류에게 가장 큰 영향력을 끼친 사상가 칼 마르크스, 인류 역사상 최고의 부호라는 존 록펠러, 위대한 과학자 앨버트 아인슈타인, 헨리 키신저 등이 유대인이다. 세계 인구의 0.25%를 차지하면서도 노벨상 전체 수상자의 30%, 미국 40대 재벌 중 40%를 유대인이 점령하고 있다고 한다.

유대교의 랍비(유대교의 현인을 가리키는 말) 출신인 마빈 토케이어는 유대인의 처세술 가운데 핵심요소를 네 가지로 분류하였다. 첫째, 교육에 대한 집념, 둘째, 권위에 대한 도전정신, 셋째, 낙관적인 불굴의 의지, 넷째, 주체성의 확립이다. 여기에서 우리는 그들의 지혜롭고 슬기로운 처세술과 인생관을 배워 둘만하다.

  교육적인 측면을 살펴보더라도 우리의 경우에는 열렬하면서도 높은 교육열을 갖추고 있지만 배움에 대한 인식과 태도는 사회적으로 인정되는 어떤 형식만 갖추고 추구하려는 경향이 다분하다. 그저 맹목적으로 책을 독파하고 이해할 뿐이지 스스로 규명하려는 주체적인 창의성이 부족하다. 이렇게 단단한 틀 속에 틀어박혀서는 국민소득이 아무리 올라가더라도 세계를 리드하는 일은 어쩌면 불가능하다.

  한민족은 유대인과 비슷하게 부지런하고 열정이 있는 민족이지만 그들은 우리와 판이하게 다른 타입의 민족이라서 오히려 배울 점이 많다. 그들은 주체성이 매우 강할뿐더러 창의적인 측면에서 두각을 드러내고 있다.

  이 책에서는 부담 없이 아무 쪽에서나 펼쳐보아도 깨달음을 얻을 수 있도록 구성하였다. 아무쪼록 자기 자신을 거듭나게 하는 계기로 삼아 우리와 사뭇 다른 인생관이나 처세술을 배우는 기회로 삼길 바란다.

2019년 1월
하브루타 교육 현장에서
편역자가

한국인들이 왜 탈무드를 읽어야 할까?

그 이유는 너무도 간단하면서도 명백하다. 〈탈무드〉에는 마빈 토케이어가 말하는 유대인의 4가지 핵심 처세술이 녹아있기 때문이다. 첫째, 교육에 대한 집념. 둘째, 권위에 대한 도전 정신. 셋째, 낙관적인 불굴의 의지. 넷째, 주체성의 확립 등이다. 여기에서 우리는 유대인들의 지혜롭고 슬기로운 처세술과 인생관을 배우게 될 것이다.

♠ 한민족의 전통을 계승하여 발전시켜 나가려면 '유대인의 탈무드 경전'에서 반면교사의 기회로 삼자.
 – 김경옥(푸른사랑의교회 담임목사, 사랑의교회목회자협의회 운영총무)

♠ 탈무드를 읽으면 세상을 읽는 안목과 통찰력이 커지며, 또 삶에 대한 지혜와 예지가 저절로 길러진다.
 – 정선일(주님의교회 집사, 탤런트기독신우회 회장)

♠ 탈무드는 현대인이라면 누구나 한번쯤 읽어보아야 할 책인 동시에 그 동안 살아왔던 자신의 삶과 인생을 되돌아보게 해준다.
 – 박진석(반석교회 담임목사, 알리온선교회 대표)

♠ 어느 날 갑자기 삶으로 인하여 문득 삶의 무게가 버거워지거나 세상이 온통 미워질 때 탈무드를 읽어보라! 그럼 해결책이 저절로 떠오르게 될 것이다.
 – 이의식(수유동교회 담임목사)

♠ 문명의 발전으로 인간관계가 점점 소외되거나 단절되어가고 있다. 이런 시점에 즈음하여 '탈무드'를 통해 삶을 되돌아보는 계기로 삼자.
 – 박진기(파이데이아독서문화운동 대표간사)

3장 역경을 이겨내는 긍정 마인드

4장 일상에서 배우는 중용의 지혜와 덕

5장 사랑에 관한 유대인의 사유

"벌거벗은 골고다 예수의 희생을 본받지 않으면
이 나라의 기독교는 사회에 해악만 될 뿐이다."
– 몽양 여운형

아람어 gulgulta[굴굴타]를 그리스식으로 음차한 것이며, 영어로는 갈보리(Calvery[캘버리]라고도 하는데 모두 '해골'을 지칭하는 것이므로 해골산으로 불리어지기도 함; 예수가 십자가에 못 박혀 죽은 예루살렘 교외의 작은 골고다 언덕

1장

탈무드의
유래

유대인만큼 역경에 강한 민족은 드물다. 수많은 존망의 위기에도 불구하고 이제 이스라엘은 세계 어느 나라와 견주어도 결코 미약하지 않다. 한편 유대인들은 세계 각지에서 어느 분야를 막론하고 눈부신 활약을 펼치고 있음을 볼 때 유대민족 생존의 비밀은 어디에 있는가? 궁금하지 않을 수 없다.

바로 그 비밀은 유대인의 규범이나 경전으로 불려지는《탈무드》에서 찾을 수 있다. 탈무드에서는 "오늘은 최초의 날이자, 최후의 날이다. 현재를 열심히 사는 수밖에 없다."고 가르치고 있다. 우리는 이 책에서 새롭게 자아를 확립하고, 미래를 창조해 가며 현재를 열심히 삶으로써 미래를 성공으로 이끄는 지혜를 얻게 될 것이다.

'유대인의 등뼈'라고 지칭되는《탈무드》에서 삶의 지혜와 처세의 원천을 배워보자.

탈무드란
무엇인가?

탈무드는 대략 BC 500년부터 AD 500년까지 구전으로 전해 내려왔던 유대민족의 지혜를 10여년에 걸쳐 2천여 명의 학자들이 참여하여 책으로 만들어낸 결과물이다.

실제 탈무드는 20권, 1만 2천여 페이지에 이르며, 단어수로는 250만 어휘 이상에 이르며, 그 무게는 75kg이나 되는 매우 엄청난 양이라고 한다. 그 내용 또한 너무 다양하고 방대한데 법전이 아니면서도 법을 다루고 있고, 역사책이 아니면서도 역사를 이야기하며, 인명사전이 아니면서도 많은 인물들이 등장하고, 백과사전이 아니면서도 백과사전의 역할을 수행하고 있다.

5000년에 걸친 유대민족의 지적 재산과 정신적 자양분이 탈무드에 고스란히 담겨져 있어 나라 잃은 민족을 하나로 묶어주는 튼튼한 밧줄이 될 수 있었던 것이다. 그토록 오랜 세월 동안 탈무드가 전해 내려올 수 있었던 원동력은 과연 무엇이었을까? 그것은 유대인들의 강인한 정신력 덕분이었다.

탈무드는 책으로 완성되기 이전에는 교사(랍비)가 학생들에게 구전으로 전해져 내려왔다. 우리나라에 전해 내려오는 말 중에 군사부일체(君師父一體)라는 말이 있다. '임금과 스승과 아버지는 하나'라는 뜻이다. 유대민족에게도 이와 비슷한 스승이자, 지도자이며 부모로 섬기는 '랍비'라는 현자가 존재한다.

유대인에게 있어서 랍비는 자신을 낳아준 부모보다 더 소중한 존재, 어쩌면 그 이상이다. 왜냐하면 랍비는 그들에게 정신적인 기둥이기 때문이다. 랍비에 의해 탈무드는 수천 년이라는 세월 동안 전해 내려올 수 있었는데, 그 때문에 탈무드 내용은 질문하고 대답하는 형식으로 이루어져 있다. 주로 히브리어와 아랍어로 전해졌기 때문에 글로 옮겨지는 과정에서 구두점은 물론 머리말이나 끝맺음의 말조차 없는 오직 내용만이 있는 책이 되었다.

당시의 탈무드는 양적으로 방대할 뿐만 아니라 여러 곳에 산재해 있었기 때문에 유대인들은 전승자를 뽑아 책을 만들게 했는데 너무 학식이 높은 자는 제외되었다고 한다. 그들이 탈무드의 내용을 변질시킬까 두려웠기 때문이었다.

토라와
탈무드의 내력

토라(Torah)는 구약성경의 첫 5경(창세기, 출애굽기, 레위기, 민수기, 신명기)을 가리키는데, 히브리어로 '율법, 가르침'이라는 뜻이다. 토라는 모세오경이라고도 불린다. 그러나 토라라는 말은 꼭 성경의 첫 5경만 의미하지는 않는다. 유대교 회당에 놓여 있는 두루마리 필사본을 토라라고 일컫기도 한다.

토라는 또한 단순히 하나님의 성스러운 가르침을 의미하기도 하고, 성경 자체를 가리킬 때도 있다. 유대인의 율법 전체를 '토라'라는 말로 부를 수도 있다. 또한 '토라'는 유대교의 가르침에 따라서 사는 것을 의미하기도 한다. 토라는 유대인이 신념을 가진 민족이라는 것을 상징하고 있다.

유대교와 유대인의 생각을 오랫동안에 걸쳐 집대성한 탈무드 (Talmud)는 모세가 전하였다는 또 다른 율법서인데, 구전하는 율법을 담은 문서집인 미슈나(Mishnah)와 게마라(Gemara, 미슈나의 주석본)를 병칭하는 용어로서 전 6부 63편으로 구성되어 있다. 유대교는 보통의 다른 종교와 구별된다. 그리고 탈무드는 단순한 책이 아니다. 보통 이슬람교 또는 기독교라고 할 때는 고정된 가르침을 말한다. 그러나 토라와 탈무드는 고정된 가르침이 아니다.

우선 탈무드를 놓고 보자. 탈무드는 성경도 아니며, 일반적인 개념으로서의 책이라고 단정할 수 있는 것도 아니다. 그럼 도대체 탈무드가 무엇인가?라고 묻는다면, 가장 적절한 대답으로 그건 종교, 법률, 철학, 도덕의 심포지엄이라고 할 수 있다. 이 심포지엄은 단 한번도 중단된 적이 없고 1,500년 동안 지속되고 있다. 랍비들에 의해서 기록하고 정리된 것이 탈무드이다.

탈무드란 말은 '연구'란 뜻을 지니고 있다. 지금으로부터 1,500년 전에 편찬이 시작되어 현재 70여 권으로 이루어져 있다. 엄청난 분량이지만 오늘날에도 아직 집필이 끝난 것이 아니다. 말하자면 탈무드는 '결말이 정해지지 않은 책'인 것이다. 각 시대에 따라서 새로운 학설, 새로운 견해가 자꾸만 추가되어 간다. 이것은 연구와 학습에는 끝이 없다는 것을 의미한다.

1,200년 동안에 2천명 이상의 랍비가 토론에 참여했으며, 유대

교에 대한 해석을 거듭하고 있다. 랍비는 학문을 쌓은 사람들이며, 지역 사회의 지도자이기도 하다. 랍비라는 말은 쉽게 말해서 목사와 비슷한 직위이다. 랍비는 지역 사회의 카운슬러이자 재판관이며, 어른이나 아이들의 교사이기도 하다. 그들의 토론에서는 각종 의식(儀式)의 진행에서부터 일상생활의 여러 가지 문제까지 광범위하게 다루고 있다.

동양에서는 탈무드와 비슷한 책은 달리 찾아볼 수 없다. 이것은 유대인이 얼마나 독특한 민족인지를 대변해 주고 있다. 이를테면 탈무드의 테마 속에는 천문학에서부터 소변 보는 법까지 다루어진다. 어떤 자리에서나 소변을 보고 싶으면 바로 일어서라고 가르치고 있다. 탈무드에는 또한 이집트 콩을 어떻게 심으면 좋은가?(어떤 토양에 어떻게 뿌리면 좋은가?)하는 것에서부터 남녀가 개울을 건널 때는 남자가 뒤에서 건너면 안 된다. 그런 남자는 내세에서 보답 받지 못할 것이다. 왜냐하면 여자가 치마를 걷어 올리고 개울을 건너야 하므로 여자 뒤에서 건너는 남자는 점잖지 못한 상상을 품게 되기 때문이다. 이런 실제적인 규율까지도 적혀 있다.

하여튼 탈무드 속에는 인간에 관한 모든 사항이 가득 담겨 있다. 탈무드는 율법이라고 번역되기도 하지만 법률서는 아니다. 또 일관된 것을 가르치는 것도 아니다. 탈무드는 일종의 토론집이다. 탈무드는 그저 탈무드라고 대답하는 것이 가장 올바른 대답일 것이다.

성경의 5경 중에는 두 개의 클라이맥스가 있다. 하나는 하나님이 세계를 만드신 창세기이고, 또 하나는 시나이 산에서 하나님이 모세에게 가르침을 내리는 장면이다. 창조의 행위는 예술가의 행위에 속한다. 하나님은 여기에 완성된 것을 만든다. 인간이 끼어들 여지가 없다. 가령, 하나님이 "빛이여, 있으라!"하고 말하면 빛이 생겨나고, 하나님이 빛을 보고 좋다고 하셨다고 씌어 있는 것처럼 하나님은 일방적으로 여러 가지 창조행위를 진행해나간다. 하나님의 위대한 힘에 의해서 빛과 어둠이 갈라지고 하늘과 땅이 나뉜다. 여기에 나오는 하나님의 말은 혼잣말과 같은 것이다. 하나님은 대답을 원하지 않는다.

창세기를 보면 인간이 창조의 중심이 아닌 것을 알 수 있다. 하나님은 여러 가지를 만든다. 그리고 그 중의 일부로서 인간이 존재하고 있는 것이다. 그러나 이와 달리 시나이 산에서 하나님은 인간에게 십계(十誡)를 내린다. 시나이 산에서 하나님이 인간에게 내려준 가르침은 인간이 이해하기를 바라는 목적을 가지고 있다. 여기에서 신과 인간 사이에 처음으로 계약이 생겨난다. 하나님이 시나이 산에서 이야기하고 난 다음에도 이스라엘 백성이 이집트에서 갖은 고난을 받고 있다는 호소에 하나님은 귀를 기울인다.

여기에서 신과 인간 사이에 처음으로 대화가 시작되었다고 해도 과언이 아니다. 후세의 랍비들은 시나이 산에서 신이 인간에 대하여 행한 이 가르침을 교사의 모범이라고 생각하고 있다. 그것은 선생이 학생들의 말에 귀를 기울여야 하며 또 학생들에게 이해할 수 있게 말해야 하기 때문이다. 여기에서 하나의 교훈이 생겨난다.

가르친다는 것은 교사가 일방적으로 가르치고 아이들은 그것을 맹목적으로 받아들여 배운다는 것이 아니다. 가르치는 법과 배우는 법, 이것은 유대인의 전통에서 중요한 위치를 차지한다.

유대인은 날마다 '비어캇 하토라(Birkat HaTorah)'라는 기도문을 외운다. 이 속에서 하나님은 '토라는 이스라엘 사람을 가르치는 교사'라고 부르고 있다. 하나님이 뛰어난 교사인 것은 두 말할 것도 없다.

이러한 가르치는 법과 배우는 법은 유대인의 전통 속에서 가장 기본이 되는 것이다. 이것을 이해하지 못하면 유대인의 전통이라는 것을 파악할 수가 없다.

유대민족은 토라를 연구하는 것은 하나님께 기도하는 것이라고 말한다. 그러나 창세기와 시나이 산에서 있었던 일의 차이를 이해하지 못하면 그 뜻을 포착할 수 없을 것이다.

그럼, 다시 성경으로 되돌아가 보자. 창세기에서 하나님은 '무엇무엇이 있으라'고 말하면서 자유롭게 여러 가지를 만들어 간다. 마지막으로 하나님의 형상대로 인간을 창조한다. 그러고는 인간이 저지른 갖가지 타락 때문에 하나님이 인류를 징벌하는 장면이 그려져 있다.

이를테면, 몇 세대에 걸친 부패에 대해 하나님은 노여움을 터뜨려 대홍수를 일으키고, 하나님이 창조한 거의 모든 것이 대홍수로 인해 멸망한다. 이것은 인간이 도덕적으로 하나님의 기대에 따르지 못한 점에 대해 응징을 내리는 이야기이다. 그러나 마침내 하나님은 인간의 현실이라는 것을 이해하여 그것에 맞춰 주게 된다.

또한 대홍수 때의 노여움과는 달리 시나이 산에서는 신이 인간의 불완전 혹은 연약함을 이해하고 인간과 대화를 시작하는 감동적인 장면이 보이는 것이다.

출애굽기에서는 '너희가 내게 대하여 제사장 나라가 되며 거룩한 백성이 되리라.'(출 19:6)라고 말하고 있다.

토라가 사막에서 주어졌다는 것은 상징적인 일이다. 사막은 인

골고다 언덕(안드레아 만테나 作, 15세기경

간에게 불모의 땅이다. 여기는 신과 인간의 대화가 이루어지는 곳이다. 그곳에는 식량도 물도 없다. 그곳에서 사람들은 "이러한 괴로운 자유는 더 이상 견딜 수 없습니다. 우리를 이집트로 되돌아가게 해주소서."하고 호소한다.

하나님은 사막을 여행하는 이스라엘 백성을 위해서 하늘에서 '만나'라는 빵을 내려준다. 그들에게 만나를 먹고 배고픔을 면하라고 한다. 그리고 신을 믿고 날마다 그날 먹을 것만 주우라고 했다. 그러나 사람들은 그렇게 하지 않았다. 사람들은 내일을 걱정해서 이틀 치를 줍는다. 금요일은 안식일로서, 본래 만나를 줍는 일을 해서는 안 되었다. 그러나 사람들은 불안감을 못 이겨 사막에서 만나를 줍는다. 그러나 신은 화내지 않는다. 신은 인간의 연약함을 이해하게 된 것이다.

'토라는 인간의 말로 씌어 있다'는 것은 인간이 신과 대화를 시작했다는 것을 의미한다. 이것은 토라가 인간을 완전한 것으로 보고 천상의 율법을 말해주었다는 것이 아니다. 토라는 인간을 교육하고 바른 길을 걷도록 하기 위해서 만들어진 것이다.

그런데 탈무드를 공부하는 사람들은 먼저 '미슈나'(Mishna 탈무드의 기본이 되는 성경 연구서)의 제일 첫 부분을 읽고 실망하는 일이 많다. 미슈나는 이렇게 시작된다.

두 사람이 한 벌의 옷을 놓고 다투고 있었다. 한 사람은 "이것은 내 옷이다."라고 주장하고, 또 한 사람은 "아니, 내 옷이다."라고 하면서 다투고 있었다. 이것이 만일 일반적으로 생각되는 종교적인 가르침이라면 그 중의 한 사람은 "당신이 그렇게 옷이 필요하다면 옷을 가져가시오."하고 말했을 것이다. 그러나 미슈나는 두 사람이 옷 한 벌을 놓고 싸우는 이야기에서부터 시작되는 것이다. 여기에서 미슈나는 인간 사이에는 분쟁이 그치지 않는다는 것을 보여주고 있다.

인간은 불완전한 존재이다. 또는 아직 완성되지 않은 존재이다. 완성되지 않았으므로 인간은 창조 행위를 계속할 의무를 지고 있다고 생각된다.

예시바(유대인 학교)에 가보면 사람들이 몸을 흔들면서 노래하듯 토라를 읽고 있는 것을 볼 수 있다. 그들이 기도하고 있는 것처럼 보일지도 모른다. 그러나 그것은 잘못 본 것이다. 그들은 깊이 지적인 사색에 잠겨 있는 것이다.

토라를 배울 때는 권위에 의해서 경직되는 것을 가장 경계한다. 자기 나름대로 이해하고 소화하고 자기의 해석을 가해야 한다. 그렇지 않고서는 아무리 원문을 줄줄 외운다고 해도 토라를 배우는 학생이라고 할 수 없다.

우리나라의 입시공부에 대해서도 같은 말을 할 수 있다. 학문이라는 것은 배우는 일이 아니라 배운 것을 소재로 자신이 새로운 것을 창조하는 일이다. 학문은 또 하나의 교사를 만드는 일이 아니다. 즉, 복사기로 찍어내듯 또 다른 인간을 만드는 것이 아니라 새로운 개성을 가진 인간을 만드는 일이다. 그래야만이 세계는 진보할 수 있다. 전통과 권위를 존중하는 것은 필요하지만 맹종해서는 안 된다.

성 안나 교회 벽화(1209년)

아담은 '온 세상'을 상징한다

최초의 인간 아담은 흙으로 만들어졌다고 창세기에 씌어 있다. 아담은 '흙덩이'라는 뜻이다. 옛날 랍비들은 '왜 하나님이 태초에 많은 사람들을 한꺼번에 만들지 않고, 단 한 사람으로 하여금 인류를 시작하게 하였는가?'하는 문제를 놓고 논쟁을 벌였다.

탈무드의 현인들이 제시한 대답은 '한 인간의 생명을 빼앗는 것은 전 인류를 죽이는 것과 마찬가지라는 것을 하나님이 가르치기 위해서이다.'라는 것이다.

그리하여 하나의 생명을 구원하는 것은 인류를 구원하는 것과 같다고 생각했다.

탈무드에는 아래와 같은 이야기가 실려 있다.

"어째서 하나님은 처음에 한 사람만 만들었을까? 그것은 누구나 자기의 혈통이 타인의 혈통보다 우월하다고 생각하지 못하도록 하기 위해서이다. 조상의 뿌리를 계속 거슬러 올라가면 결국 누구나 같은 조상에 이르게 된다. 그러므로 어떤 민족이 다른 어떤 민족보다 뛰어나다고 말할 수 없다. 모두 아담으로부터 퍼져 내려왔기 때문이다."

또 탈무드에 의하면 아담의 머리는 에덴동산의 흙을 가져다 만들었고, 그 몸은 바빌로니아의 흙으로, 그리고 그 발은 온 세상의 흙을 모아 만들었다고 한다.

그리스 시대에 유대인은 그리스어를 써서 다음과 같이 설명하였다. 아담이란 말은 네 개의 그리스 문자로 되어 있다. ADAM의 A는 그리스어로 아나톨레(東), D는 디시스(西), A는 알크토스(北), M은 메센부리아(南)라는 머리글자를 딴 것이다. 요컨대, 인간은 세계적인 존재라는 것을 가리키고 있다.

유대인이 만든 말은 아니지만 영어 뉴스(NEWS)라는 단어가 N이 north(北), E가 east(東), W가 west(西), S가 south(南), 즉 '전 세계에서 일어나는 일'이라는 것과 같은 발상에서 생겨난 해석인 것 같다.

아담에 대해서는 탈무드에 아름다운 이야기가 실려 있다. 아담은 아름다운 육체를 가지고 있었다. 죄를 짓고 허물을 저지르기 전까지는 빛을 옷처럼 두르고 있었다고 한다. 죄를 짓고 나서는 이러한 아름다움을 버려야 했다. 창세기를 보면 아담과 이브는 하나님이 금하신 금단의 열매를 먹었기 때문에 낙원으로부터 쫓겨났다. 이것이 인간이 저지른 원죄로 되어 있다.

그들이 먹은 것이 무엇인가?하면, 바로 지식의 나무 열매였다. 뱀은 이브를 유혹하여 이 과일을 먹으라고 꾀었다.

'너희가 그것을 먹는 날에는 너희 눈이 밝아져 하나님과 같이 되어 선악을 알 줄 하나님이 아심이니라.'(창세기 3:5)

인간은 지식을 얻은 대가로 길을 잃게 된 것이다. 인간은 지금도 이 무거운 짐을 지고 살고 있다.

또 유대인에게 옛날부터 전해지는 말에 의하면 '하늘과 땅이 서로 질투가 심했기 때문에 하나님은 땅에 인간을 만들고 하늘에 영혼을 만들었다. 그러나 아담이 잠들지 않았다면 아내를 가지는 일은 없었으리라'고 인간적인 해석을 하고 있다. 분명히 이브는 아담이 깊이 잠들어 있는 동안에 그의 갈비뼈 하나를 떼어서 만든 것이므로 그가 잠들지 않았다면 이브는 태어나지 못했을 것이다.

그런데 탈무드에는 성경에선 볼 수 없는 에피소드가 담겨 있다.

"처음 태양이 가라앉고 대지에 어둠이 내려앉자 아담은 두려움을 느꼈다. 하나님은 이를 불쌍히 여겨 아담에게 두 개의 돌을 주었다. '어둠'과 '죽음의 그늘'이라는 이름의 돌이다. 하나님은 두 돌을 비비라고 가르쳐 주었다. 아담이 돌을 비비니 불이 생겼다."

하여튼 한 인간이 인류의 조상이 된 것이다. 그리고 낙원에 살았던 아담에 대해 여러 가지 상상을 해보는 것은 재미있는 일이기도 하고 또 많은 교훈을 얻을 수도 있다.

유대인의 7가지 촛대(성령의 7가지 은혜를 말하는데 슬기, 통달, 의견, 지식, 굳셈, 효경, 두려움 등을 일컫는다.)

모세는 결코
신이 아니다

홍해를 갈라 유대인들을 구출한 것으로 유명한 모세는 유대인을 대표하는 위인이다. 유월절(逾越節 Passover, 출 12:27)이 오면 유대인은 이집트에서 해방된 날을 축하한다. 이 날은 모세의 정령이 그들에게 찾아온다고 믿는다. 모세는 이집트에 노예로 잡혀 있던 이스라엘 백성을 구출하여 새로운 팔레스티나 땅으로 데려간 지도자다.

그러나 유월절에 모세의 이름은 한 번밖에 부르지 않는다. 왜냐하면 유대인의 전통으로는 모세를 포함하여 누구든 한 인간을 너무 높은 지위에 올려놓기를 거부하기 때문이다.

즉, 한 인간을 신격화하는 것은 유대인의 전통에 어긋나는 일이다. 물론 뛰어난 지도자에게는 그에 합당한 존경심을 표한다. 그러나 그를 절대자로 떠받드는 일은 없다. 절대자는 하나님밖에 없는 것이다.

그래서 모든 시대를 통해 랍비들은 모세를 위대하고 뛰어난 인물로 평가해 왔지만 초인적인 인간으로 보는 것을 거부해왔다. 그러나 모세는 모든 이스라엘 사람을 대표한다. "모세는 모든 이스라엘 사람을 자기 속에 담고 있다."는 탈무드의 속뜻은 '모세를 이스라엘의 신이 만들었다.'는 뜻이다.

아무리 뛰어난 사람이라 할지라도 혼자서는 지도자가 될 수 없다. 그를 둘러싸고 있는 사람들에 의해서 만들어지기 때문이다. 이 말은 어떤 민족에 관해서도 마찬가지이다. 뛰어난 역사적인 인물을 보면 그 시대에 어떠한 사람들이 어떻게 살고 있었는지 알 수 있다. 지도자는 동시대 사람들의 모습을 비추는 거울과 같은 존재이다. 그래서 탈무드에서 '모세는 그 시대의 유대인들이 모였을 때 멋지게 작렬하는 불꽃같은 존재였다.'라고 평을 했다.

뛰어난 지도자는 뛰어난 국민과 연결되어 있다. 지도자는 민중을 통하여 자기의 뜻을 표현하지만 국민들 역시 지도자를 통해서 자신들을 표현하는 관계에 있다. 그러므로 아래에 있는 사람들은 자기들의 리더에 대해 불평을 하기 전에 자기의 모습을 거울에 비추어 볼 일이다.

리더도 국민의 일부이다. 그러므로 초인적이고 신과 같은 지도
자가 존재한다는 것은 있을 수 없는 일이다. 근대의 역사를 보아
도 나폴레옹, 히틀러 등이 권력을 잡고 있는 동안 많은 국민들은
그들을 오류가 없는 위대한 지도자라고 숭배하고 있었다. 그러나
그들이 권력을 잃고 세상을 떠난 뒤에는 국가와 국민들이 한동안
열병에 걸려 있었다고 설명할 수밖에 없는 것이다. 그러나 유대인
은 모세 시대부터 인간은 아무리 위대해도 불완전하다는 것을 명
백히 알고 있었던 것이다.

모세는 유대인의 역사에 나오는 가장 위대한 지도자였다. 그러
나 성경을 읽어보면 모세는 이스라엘의 백성을 이집트에서 구출하
여 팔레스티나 땅에 데려올 때까지 항상 바위 위에 앉았다. 지도자
라고 해서 특별히 그를 위해 고귀한 가마가 준비되지는 않았던 것
이다. 유대인의 전통에는 리더도 다른 사람들과 평등하다고 본다.

그 후에도 유대인은 모세의 상(像)을 만들거나 그를 그림으로 그
려서 숭배하는 일도 없었다. 유대교에서는 우상숭배는 엄격하게
금지되어 있다. 성경에서 아브라함이 사상 최초의 유대인으로 되
어 있는 것은 우상을 파괴하여 유일신을 믿은 최초의 인간이기 때
문이다.

절대적인 권위는 하나님밖에 갖고 있지 않다. 하나님과 같은 인
간은 없다. 유대인만큼 하나님 앞에서 만인이 평등하다고 믿어온

민족은 없다. 그리하여 허영과 가식을 싫어하고 권위에 아부하는 자는 멸시를 받아왔다.

　오늘날에도 이스라엘에서는 대통령, 수상을 비롯하여 각료들은 유대인들 사이에 있을 때 넥타이를 매는 일이 없다. 이스라엘을 찾아간 사람들은 각료들이 복장에서부터 허례허식이 없는 것을 보고 놀란다. 그들은 외국인을 만날 때만 넥타이를 매고 정장을 갖춘다.

메시아는
언제 강림하는가!

"메시아(구세주)가 올 때 병든 자는 고쳐지리라. 그러나 어리석은 자는 그대로일 것이다."

이렇게 탈무드는 경고하고 있다. 메시아가 오실 때는 어리석은 자 외에는 모두 구원받고 고쳐진다는 것이다. 구세주는 전지전능하다.

메시아라는 말은 히브리어의 '하마시아'에서 유래한 말이다. 하마시아는 '성유(聖油)가 부어진 자'라는 뜻이다. 하마시아가 그리스어로 '메시아'가 되고, 그리스어로 번역되어 '크리스토스 christos'가 되었다. 그리스도란 말은 여기에서 나온 것이다.

그리하여 특히 신으로부터 성유가 부어진 자는 구세주란 의미를 가지고 있었다. 구약성경에서는 '메시아'라는 호칭이 왕이나 혹은 성직자에게 주어졌다. 그것은 다시 말하면 신에 의해서 성유가 부어짐으로써 그러한 고귀한 지위에 임명되었다는 뜻이다.

한동안 예언자 혹은 신에 의해서 특별한 임무가 주어진 사람이면 누구나 메시아라고 불렀다. 메시아라는 것은 압정 아래 혹은 고난 속에서 허덕이는 유대인을 해방시켜주는 이를 일컫는 말이다. 괴로운 생활을 계속해 온 유대인은 구세주의 출현을 기다렸다. 이 구원자가 유대왕국을 재건하리라고 기대했다. 그러다가 메시아라는 말은, 마지막 심판의 날에 하나님이 지상의 왕국을 만들기 전에 인류를 구원하기 위해서 오는 구세주를 의미하게 되었다.

구약성경에서는 가령 사울, 다윗, 에스겔로부터 페르시아의 코레쉬에 이르는 왕들을 메시아라고 부른다. 이와 같이 메시아라는 말은 시대에 따라서 의미가 달라진다. 그러나 유대인 사이에는 메시아 신앙은 매우 큰 힘을 가지고 있다.

그래서 역사적으로 질병, 기아, 박해, 국외추방과 같은 대재앙이 닥쳐올 때마다 유대인들은 성경을 펴놓고 언제 메시아가 올 것인가? 뭔가 숨겨진 말이 없을까?하고 해답을 찾아보려고 애썼다.

그러므로 경건한 신비주의자나 천문학자 혹은 비법가 중에는 인류를 하나님의 왕국으로 안내해주는 메시아가 언제 나타날 지 정확한 날짜까지 예언한 자도 있었다. 이렇게 메시아 신앙은 유대인에게는 커다란 힘이 되어왔다. 기독교도 이 메시아 신앙을 이어 받고 있다. 언젠가 이 지상에 온전한 세상이 실현된다는 신앙이다.

언젠가 지상천국이 나타난다는 신앙과 성경의 창세기에서 신이 인간에게 '더 나은 세계를 만들도록' 명령한 일이 역사를 통해서 유대인을 뒷받침해주는 일이 되어왔다. 물론 오늘날 유대인 중에서 언젠가 지상천국이 올 것이라고 믿는 자는 별로 없을 것이다. 현대에 들어와서는 신의 존재를 의심하는 사람이 부쩍 늘어나고 있다. 이와 마찬가지로 유대인 역시 전통에 의해 메시아 신앙은 유지되고 있다.

과연 메시아는 언제 나타날까? 내년? 10년 후? 성경에도 나오듯 메시아는 아무도 눈치 채지 못하는 사이 도둑같이 온다고 했으니, 메시아가 언제 와도 괜찮도록 평상시에 자기를 향상시키도록 노력해야 한다. 메시아는 마지막 날에 오신다.

당신에게도 언제 그 마지막 날이 찾아올지 모른다. 그렇다면 날마다 오늘이 마지막 날이라고 생각하고 살아가야 한다. 유대교에서는 첫날과 마지막 날이 가장 중요하다고 생각한다. 그리고 사람에게 있어서는 매일 매일이 첫날이기도 하다. 오늘부터 새로운 창조를 시작할 수가 있기 때문이다. 탈무드에는 '오늘은 첫날이요, 마지막 날이다. 현재를 열심히 살아갈 수밖에 없다'고 가르치고 있다. 현재를 이렇게 아름다운 말로 나타낸 책도 달리 없으리라.

제2의 모세,
마이모니데스의 출생

모세스 벤 마이몬(마이모니데스)은 1135년에 스페인의 코르도바에서 출생하였다. 아랍의 학자들에게도 널리 알려졌으며, '아브 임란 무사 벤 말문 마이맘 이븐 압둘라'라는 기다란 이름으로 등장한다.

마이모니데스는 유대민족의 역사에서 뛰어난 사상가이며 흔히 제2의 모세라고 불린다. 마이모니데스는 부친 마이몬 벤 요셉으로부터 어려서부터 랍비가 되도록 교육을 받았다. 그는 어릴 때 아랍 학자들에게 맡겨졌는데 어린 나이에도 당시 모든 분야의 학문에 관하여 교육을 받았다.

그러나 코르도바가 이슬람교의 광신적인 종파인 알모하데스에 의해서 공격을 받아 함락되기 전에 마이모니데스 일족은 도시를 빠져나왔다. 그로부터 12년에 걸친 방랑이 시작되었다. 한때 페즈(모로코)에서는 이슬람교도 행세를 하며 지냈다. 그러나 여기서도 마이모니데스는 유대인의 전통을 버리지 않았기 때문에 이슬람인에게 박해를 받고 목숨을 빼앗길 뻔한 일도 있었다. 그 후 가족들은 페즈에서 아크라를 거쳐 다시 예루살렘으로 갔다. 그러나 예루살렘은 여전히 십자군의 지배 아래 있었기 때문에 마침내 당시 포스타트라고 불리던 카이로에 가서 정착하였다. 여기서 마이모니데스는 의사가 되기 위한 공부를 했고, 마침내 술탄 살라딘의 시의(侍醫)가 되었다.

시의로서 일하는 한편 마이모니데스는 카이로에 사는 유대인들의 정신적인 지도자가 되었다. 그는 철학, 법률, 탈무드의 율법, 천문학, 약학 등에 관하여 많은 기록을 남겼다. 그는 1204년에 세상을 떠났지만 그밖에도 많은 저작을 남겼다. 그 중에는 유대민족의 명언으로 오늘날에도 살아있는 말이 많다. 마이모니데스는 이렇게 말했다.

"만일 내가 가르치는 것이 단 한 사람을 기쁘게 하고 만인을 화나게 하는 일이라면 나는 단 한 사람을 기쁘게 하는 편을 택하리라."

이것은 진리를 추구하는 자의 엄격한 태도를 나타내는 말이다.

지식의 추구, 정의에 대한 사랑, 개인적 자립이야말로

나도 그 한 사람인 유대민족의 전통이네.

나는 그 별 아래 태어난 것을 감사하네.

– 앨버트 아인슈타인 〈내가 본 세계〉

다윗의 별(이스라엘 국기의 상징)

몸을 굽히면
진리를 주울 수 있다

 모름지기 사람은 겸허(겸손)해야 한다.

하시디즘의 창시자인 이스라엘 벤 엘리젤(바알 셈 토브)은 이러한 말을 써서 후세에 남겼다.

어느 날 한 제자가 물었다.

"선생님, 진리라는 것은 어디에나 있다고 말씀하셨는데, 그것은 마치 길에 굴러다니는 돌처럼 흔한 것입니까?"

"그렇다. 그러니 누구나 주울 수가 있는 거야."

"그러면 왜 사람들이 그것을 줍지 않을까요?"

제자가 다시 물었다.

그러자 엘리젤은 이렇게 대답했다.

"진리라는 돌을 주우려면 몸을 굽혀야 하네. 사람들이 못하는 일은 몸을 굽히는 일이야."

그런데 바알 셈이란 신으로부터 특별한 힘이 주어진 사람에게 부여된 칭호였다. 그는 1만명의 헌신적인 제자를 거느렸고, 18세기에 동유럽에서 활약한 유대인 랍비였다.

토래(유대인의 율법서로 모세오경을 말함)

유대인이 문화를 숭상하는
연유가 도대체 뭘까?

오늘날 전 세계 유대인은 1,500만명밖에 되지 않는다. 1,500만명 정도의 민족은 보통 뉴스에 오르는 일도 드물다. 그것은 남한 인구의 3분의 1도 안 된다. 하지만 유대인처럼 세계적으로 화제에 오르는 민족도 드물 것이다.

노벨상의 경우만 봐도 물리·화학·의학 분야의 수상자 중에서 12% 이상이 유대인에게 주어졌다. 유대인이 오늘날까지 인류에게 종교, 과학, 문학, 음악, 경제, 철학의 분야에서 공헌한 정도는 매우 크다. 물론 필자는 그것을 찬양하겠다는 의도는 아니다. 그러한 유대인의 저력이 어디에서 왔는가를 설명하려는 것이다.

인류의 역사에는 위대한 문화가 많이 존재하였다. 그러나 고대 그리스 문명은 5백년 동안만 번영하였다. 유대인은 구약성경의 백성이라는 말을 들으며 성경과 함께 오랜 전통과 역사를 가지고 있다. 그리스를 보면 고대 그리스 문화는 쇠퇴하고 그리스민족은 과거의 자기네 영광을 잊고 목축업에 전념해 오고 있다.

그것은 이집트를 보아도 마찬가지다. 그밖에도 과거의 찬란한 유적에 의해 기억되는 위대한 문화는 많다. 그에 비하면 유대인은 유적을 거의 찾아볼 수가 없다. 유대인의 유적이라는 말은 그다지 들은 일이 없을 것이다. 유대인은 자기네 문화를 항상 사람에 의해서 전달해 왔다.

유대민족의 역사는 5천년 이상 거슬러 올라갈 수 있다. 그들은 성경을 낳고, 이윽고 그리스도를 낳고, 이슬람교를 낳았다.

오늘날 17억명(2011년)에 가까운 신자를 가지고 있는 세계 최대의 종교인 기독교는 유대교에서 갈라져 나온 것이다. 또 오일 달러를 가지고 있기 때문에 큰소리치는 이슬람교도 유대교에서 파생된 것이다. 마호메트는 유대인의 성경(구약성경)과 기독교가 새로 써넣은 신약성경을 이슬람의 성경으로 삼고 있다. 그리고 마호메트의 말을 기록한 코란 3부작의 마지막 권이 이에 해당된다고 한다. 이슬람교는 오늘날 세계에서 두 번째로 큰 종교가 되어 있다.

또 하나의 종교라고 할 수 있는 공산주의는 세계 인구의 1/3 이상의 사람들을 지배한 바 있다. 이 공산주의를 낳은 칼 마르크스도 유대인이었다. 앨버트 아인슈타인은 원자력의 시대를 열었다. 유대인 심리학자였던 프로이트는 현대 심리학 분야를 개척하였다. 유대인은 인류에게 이토록 많은 공헌을 하면서도 극히 최근까지는, 정확히 말하면 1948년까지는 거의 3천년 가까이 자기 나라를 갖지 못하고 있었다.

유대인은 바빌로니아인, 그리스인, 로마인, 아랍인들 속에서 살아왔다. 그리고 유대인이 방랑의 생활을 보내는 동안, 바빌로니아 제국, 페르시아 제국, 페니키아 제국, 히타이트 제국 등 강대한 제국이 일어났다가 쇠퇴해 갔다.

중국, 인도, 이집트와 같은 고대 민족을 들 수도 있다. 그러나 그들은 한때 흥성하다가 쇠퇴해 갔다. 물론 그들은 나라 밖으로 쫓겨나는 일은 없었다. 그러나 오늘날 그리스에 살고 있는 그리스인도, 이탈리아에 살고 있는 로마인도 지난날에 누렸던 그들의 지위를 차지하지 못하고 있다.

유대인은 끈질기게 살아남았고 그들의 신념과 이상(理想)에 따라 노력을 거듭하며 견뎌왔다. 3천년 동안이나 나라가 없었는데도 다른 문화 속에 살면서도 자기네 독자성을 잃어버리는 일이 없었다. 유대인은 자기네 말이 아니라 다른 민족의 말을 사용하면서 수많은 업적을 남겼다. 유대인은 불어, 독어, 영어, 아랍어, 라틴어, 그리스어 등 다양한 언어를 사용해 왔다.

유대인은 나라가 없었으므로 힘이 없었다. 그러면 그들이 가지고 있는 힘은 무엇이었을까? 이미 기원전부터 유대민족은 소멸 위기에 놓여 있었다. 처음에 유대인은 사막을 떠도는 유목민이었다. 그들을 둘러싸고 있는 것은 바빌로니아, 아시리아, 페니키아, 이집트, 페르시아와 같은 대제국이었다. 그러나 유대인은 자기네의 독특한 문화를 잃지 않았다.

유대인이 오늘날까지 살아남을 수 있었던 것은 기적에 가까운 일이다. 그것은 재력에 의한 것도, 금력에 의한 것도, 무력에 의한 것도 아니었다. 그것은 의지와 지력에 의한 것이었다. 유대인은 다른 민족과 달라 지위, 재산, 무력에 기대는 법이 없다. 아니, 기댈 수가 없었던 것이다.

그리고 자기네 문화를 꽃피울 국토도 없었다. 그래서 그들은 유대 문화를 들고 다닐 수 있는 것으로 만들어 항상 자기 몸에 지니고 다녔다. 유대의 전통, 발상법, 이상이라는 것을 지키는 것은 자기 한 사람밖에 없었다. 유대인은 부자가 많다고 생각하는 사람이 많지만 실은 그렇지 않다.

여기저기서 박해를 받으며 쫓겨 다니는 유대인이 그렇게 엄청난 돈을 벌 여유가 있었겠는가! 어디를 가나 유대인 특정 구역에서 살면서 생활은 가난하고 가혹했다. 극히 일부의 사람은 부자가 되기도 했다. 그러나 대부분의 유대인은 무력하다. 만일 유대인에게 힘이 있다면 그것은 인간이 지니고 있는 힘이다. 그러한 힘은 유대인의 생각하는 방식, 교육하는 방식, 신념과 같은 정신적인 가치에서 생겨난다. 그러면 이러한 힘을 여러분도 가질 수 있을까?

필자는 가질 수 있다고 생각한다. 이러한 힘이 어디에서 나오느냐?하면 지성에서 나온다. 지성으로 뒷받침되는 용기, 지성으로 뒷받침되는 의지가 얼마나 큰 힘을 발휘하는가?는 유대인의 역사가 말해주고 있다.

이를테면 책을 대하는 유대인의 태도를 살펴보기로 하자.

유대인의 가정에서는 아이들이 철이 들면 바로 성경을 펼치고 거기에 꿀을 떨어뜨린다. 그리고 거기에 아이들이 입을 맞추게 한다. 이것은 책이란 것은 달다는 것을 가르쳐주기 위한 의식이다. 역사적으로 유대민족만은 문맹자가 없었다. 왜냐하면 성경을 읽는 것이 그들의 의무였기 때문이다.

'바르미츠바(Bar Mitzvah)'라는 성인식에서 사내아이는 교회에서 성경의 한 구절을 사람들 앞에서 읽어야 했다. 또 유대인의 묘지에는 흔히 책이 놓여 있기도 했던 것이다. 〈세펠 하시딤〉(경건한 자의 책)에는 옛날 유대인의 묘지에 책이 놓여 있었는데, 한밤중이 되니 죽은 자가 일어나서 그 책을 읽으며 공부하더라는 이야기가 씌어 있다. 요컨대 생명이 끝나도 공부는 끝나지 않는다는 것을 나타내고 있다.

이렇게 책을 소중히 여기는 민족도 달리 없을 것이다. 역사 속에서 유대인의 일반 민중은 책을 베끼고, 빌리고, 혹은 사서 공부를 해왔다. 기원전 5세기, 페르시아 왕 알타 크세르크세스 1세의 신하로 유대 지방 총독이었던 느헤미야는 이렇게 썼다.

"이 지방에는 가는 곳마다 도서관이 있을 뿐 아니라 도서관에는 언제나 사람들이 꽉 차 있다."

유대인에게 있어서 책은 언제나 보물이었다. 고대에는 책이 낡아서 책장도 닳고 글자도 희미해져 할 수 없이 버려야 할 때는 사람들이 모여서 사람을 매장하듯 공손히 구덩이를 파서 묻었다. 유대인은 절대로 책을 태우는 법이 없다. 그것은 유대인을 비난하는 책에 대해서도 마찬가지다.

사실, 중세를 거치면서 기독교도는 유대인이 책을 읽는 것을 두려워하였다. 그래서 가령 스페인에서 유대인이 일제히 추방되었을 때는 당시의 스페인 국왕이 만일 히브리어의 책을 가지고 있는 것이 발각되면 누구를 막론하고 사형에 처하겠다고 포고를 내릴 정도였다.

1553년에 베니스에서는 몇 만 권에 이르는 탈무드를 비롯한 유대 서적이 불태워졌다. 탈무드는 그것이 씌어진 지방에 따라 몇 종류가 있는데, 바빌로니아의 탈무드가 오늘날 남아 있는 것은 용케 그 한 권이 불태워지지 않고 남았기 때문이다.

역사적으로 히브리어의 책을 불태우는 일은 여러 번 되풀이되었다. 기독교도만 그랬던 것이 아니다. 시리아의 안티옥스 4세(BC 175~163)도 성경을 불태우라고 명령하였다. 1242년에는 파리에서 24대의 마차에 가득 실은 탈무드가 불태워졌다. 1242년에는 트로에스 시(市)에서 10명의 유대인을 도서관에 가둔 채 불태웠다. 교황 클레멘트 4세는 전유럽에서 탈무드를 압수하여 태워버리라는 명령을 내렸다.

영국에서는 1299년에 히브리어 책을 불태우라는 명령을 내렸다. 1415년에는 교황 베네딕트 13세, 1510년에는 막시밀리언 황제, 18세기에 들어와서는 덴보스키 추기경이 유대인의 책을 불태우라고 명령하였다. 20세기에는 히틀러가 유대인의 책을 불태우라고 전유럽에 명령하고 실제로 그렇게 했다.

권위를 맹신하는 자는
자유인이 될 수 없다

유대인은 세속적인 권위를 억누르는 데 많은 힘을 써 왔다. 이것은 유대적 전통이라고도 할 수 있다. 고대 아시리아, 중국, 이집트, 로마와 같은 나라에서는 왕권이 매우 강했다. 그러나 유대민족은 군주가 백성의 권리를 보호하는 존재라고 생각해 왔다. 그들은 항상 '제한된 왕권'이라는 생각을 가졌다. 따라서 통치자를 우상화하는 일을 극히 싫어했다. 위에서도 말한 것처럼 위대한 지도자 모세도 예외가 아니었다. 그런데 위대한 모세로부터 우리는 무엇을 배울 수 있을까? 탈무드에는 다음과 같이 말한다.

"성경에 의하면 모세는 귀족으로서 궁전에서 자랐다. 궁전의 생활은 사치스러웠다. 당시에는 노예가 있다는 것은 하늘에 구름이나 바람이 있는 것과 마찬가지로 자연스런 일이었다. 어떤 사람들은 자유인으로서 태어나고 또 어떤 사람들은 노예로 태어나는 것이라고 생각하였다.

아리스토텔레스도 노예를 '살아있는 도구'라고 부르지 않았는가! 노예와 자유인의 구별은 하찮은 쇠붙이와 값비싼 금의 차이와 같으며, 철을 금으로 바꿀 수 없는 것처럼 노예는 자유인이 될 수 없다고 생각했다.

당시 이집트를 지배하던 지배 계급이나 현인들도 이것을 전혀 의심하지 않았다. 그러나 모세는 성경에 의하면 이들 노예들을 생각하며 마음을 아파했다. 대체 모세는 무엇을 본 것일까?

그는 노예들이 괴로워하는 모습을 보고 "당신들을 생각하면 가슴이 아프다. 당신들을 위해서라면 나는 죽어도 좋다."고 말했던 것이다. 모세는 귀족 계급이었지만 노예들의 슬픔을 나누어 가지면서 몇 번이나 눈물을 흘린 것이다.

모세는 자기의 쾌락을 위해서 살지 않았다. 모세가 위대했던 점은 동시대의 일반적 통념을 초월했다는 점이다. 당시 인간은 자유인과 노예로 완전히 구분되어 있다는 생각이 자연스러운 통념이었다. 인간은 항상 일반적 상식이나 통념을 의심해야 한다. 통념에서 벗어남으로써 이스라엘 백성은 이집트에서 모세에 이끌려 해방됨으로써 독립된 자아를 회복한 것이다.

탈무드에는 사람이 상식에서 벗어남으로써 진보가 촉진된다고 하며, 심지어 저항을 부추기는 말이 적혀 있다. 권위를 맹신하면 안 된다. 모세는 유대인의 역사에서 위대한 지도자였다. 그러나 유대인들이 모세를 지나치게 떠받들지 않은 바탕에는 절대적인 권위를 만들면 안 된다는 생각이 흐르고 있기 때문이다.

대체 자유인이란 무엇인가? 자립하고 있으되 외부의 권위에 맹종하지 않는 인간이다. 자기의 생각을 가지고 있는 사람이다. 그리고 주위의 여러 가지 생각에 대해 그것을 무비판적으로 받아들이거나 무턱대고 그것에 자기를 맡기거나 하지 않고 자기 나름의 생각을 가지려고 애쓰는 사람이다. 자유로운 사람에게 존엄성이 있음은 그 때문이다.

이렇게 탈무드가 전통과 상식에서 벗어나기를 권하는 것은 매우 뜻 깊은 일이다. 가령 천문학의 발전을 보면 갈릴레오나 케플러는 그들 당대의 천문학적 상식에 도전함으로써 과학의 진보에 크게 공헌했다. 아인슈타인도 당시의 상식에 도전하였다. 인류는 언제나 상식을 벗어난 사람들에 의해서 진보가 이루어졌던 것이다.

히브리라는 말은 원래 '강 건너에 서다'라는 뜻이다. 요컨대 다른 사람과 다른 장소, 강을 건넌 장소에 서 있다는 것이다. 그리고 한 사람, 한 사람이 다른 장소에 서려고 해야 한다.

전체주의 사회에는 물론 개인의 자유가 없다. 그리고 자유주의 사회에는 개인의 자유가 있다고 생각된다. 그러나 좀 더 깊이 생각해 보면 자유로운 사회에서는 개인의 자유가 보장되고 있을 뿐이지 반드시 개인이 자유로운 것은 아니다.

왜냐하면 우리 일상생활을 보아도 권위에 대해서 도전하기보다는 주위 사람들의 흉내를 내는 편이 훨씬 편하게 살아갈 수 있는 길이다. 거기에 획일화라는 커다란 위험이 따른다. 그러나 그저 주위 사람을 모방하기만 해서는 그 사람은 진정으로 자유롭다고 할 수 없다. 자유라는 것은 개인의 독립에서 나오는 것이다.

사람은 한 사람, 한 사람이 모두 다르다. 같은 일을 두 사람에게 시켜보면 둘이 다르게 하게 마련이다. 인간이란 그러한 존재인 것이다.

개성을 부정하는 사회에서는 진보가 이루어지지 않는다. 그러나 스스로 개성을 죽이는 사람에게도 진보가 없다. 인간이 존귀하다는 것은 개인이 존귀하다는 말이다. 신은 인간의 모습을 자기와 비슷하게 만들었다고 하지만, 대중을 자기에게 맞추어서 만든 것은 아니다. 인간은 신을 닮았으나 대중은 그렇지 않다. 그러니 개인이 덮어놓고 대중을 모방하면 태어날 때 주어진 자기를 창조하는 사명을 잊어버리게 되는 것이다.

예술은 한 사람, 한 사람의 개인이 만드는 것이다. 예술가는 혼자이다. 인생도 예술이다. 당신의 인생이라는 작품을 걸작으로 만들 수 있는 사람은 오직 당신 한 사람뿐이다. 좋은 작품을 만드는 것도, 만들지 않는 것도 당신에게 달려 있다.

가문보다는
개인을 우선시한다

아담의 신화 해석에서도 말했듯이 유대인은 가문이라는 것을 결코 자랑하지 않는다. 그보다는 사람 하나하나의 힘을 더 존중한다. 탈무드에는 자기 가문을 자랑하는 부잣집 아들과 가난한 양치기 아들의 대화가 실려 있다.

부잣집 아들이 자기 조상들의 업적을 자랑하였다. 그러자 양치기 아들이 이렇게 말했다.

"네가 그렇게 훌륭한 사람들의 자손이냐? 그러나 나의 가계는 나한테서 시작된다. 그러니 네가 마지막 자손이라면 나는 첫 조상이 되는 거다."

유대 사회에서는 어떤 방면에 정통한 사람으로서의 대가(大家)의 존재는 매우 큰 의미를 가진다. 대가로서의 가치는 그 사람의 학문, 자선(베풂), 지역 사회에의 공헌도로 결정된다. 그 중에서도 중요한 것은 학문이다. 금전이나 성공은 대가의 명예에 그다지 큰 의미를 부여하지 않는다.

아무리 가문이 좋아도 꼭 학문이 높다고 볼 수는 없다. 그러므로 양치기의 아들은 부자의 아들에 대해서 아무것도 거리낄 것이 없는 것이다. 사실, 유대의 명망 있는 랍비 중에는 목수나 석공이나 양치기 출신이 적지 않다. 불굴의 의지로 공부했던 힐렐은 목수였고 아키바는 양치기였다.

유대인들은 동양 사회에서 삶의 중요한 수단과 가치의 잣대로 삼고 있는 혈연, 학연, 지연 따위보다 개인의 능력을 우선시한다. 또 한편으로는 고유의 전통이나 문화는 전승하거나 발전시키려는 노력을 게을리하는 법이 없다.

유대인의 탈무드식 자녀교육법에 주목하라!

최근 한국은 전 세계 사람들에게 역동적이고 파워풀한 이미지를 강렬하게 각인시켰을 뿐만 아니라 깜짝 놀랄 정도로 그것도 짧은 기간에 경제기적을 이루어냈다. 그러나 양적 성장이라는 측면에서는 엄청난 성공을 거두었다고 할 수 있지만 질적 성장이라는 측면에서는 어떻지 한번쯤 되돌아볼 시기가 되었다고 본다.

세계 최고의 슈퍼 엘리트로서 세계를 리드하는 유대인의 힘은 과연 어디에서 오는 것일까? 바로 교육이다. 교육은 학교 교육을 통해서도 이루어져야 하지만 사실 그에 앞서 가정교육에서 비롯됨에 주목할 필요가 있다. 이스라엘의 인재들은 학교가 아닌 가정에서 만들어진다고 해도 과언이 아니다. 유대인의 탈무드식 자녀교육법이야말로 유대인을 세계에서 가장 위대한 민족으로, 노벨상을 휩쓸 정도로 자기 분야에서 독보적인 존재로 키워낸 것이다.

우리는 지금까지 유교문화의 틀 속에서 자녀들에게 맹목적인 주입식 교육을 강요함으로써 창의적인 인재를 길러내는데 소홀히 대처하였다. 핵가족화가 심화되면서 자녀교육의 심각성이 곳곳에서 노출되기에 이르렀다.

2장

배움에 관한
철학 에피소드

　　유대인의 슬기와 지혜로 점철된 5천년 역사의 중심에는 늘 탈무드가 놓여 있었다. 탈무드는 유대교의 율법, 전통적 습관, 축제, 민간전승, 해설 등을 총망라한 유대인의 정신·문화적인 유산 그 자체이다.

　　유대인 교육의 중심에는 쉐마 교육, 하브루타 교육, 밥상머리 교육 등이 있다. 유대인의 교육법은 철저한 반복과 복창이다. 〈미쉬나, 미쉬나트〉의 본디 뜻도 '반복해서 말하다'이다. 유대인은 어린 아이 때부터 《탈무드》로 대표되는 고전을 여러 차례 반복해서 읽고 암송한다.

　　한편 하브루타 교육은 친구처럼 짝을 지어 대화하며 질문하고 토론하는 교육법으로써 전통적인 유대인의 자녀교육법으로 알려져 있다.

어느 랍비의
유서

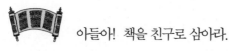 아들아! 책을 친구로 삼아라.

책장이나 책상을 네 기쁨의 밭과 정원으로 삼아라.

책의 낙원에서 즐거움을 누려라.

지식의 과일과 장미를 네 것으로 만들어라.

지혜의 향료를 맛보아라.

만일 너의 영혼이 충족되거나 혹은 피로에 지치면

뜰에서 뜰로, 이랑에서 이랑으로 이리저리 풍경을 즐기는 것이 좋다.

그렇게 하면 새로운 희망이 솟고 너의 영혼은 환희에 가득 차리라.

- 쥬다 이븐 티본 (1120~1190 그라나다 태생의 의사, 철학자)

추위에 떨면서 배운
힐렐의 에피소드

그 유명한 랍비 힐렐이 젊었을 때의 이야기다. 그는 토라의 연구에 전념하고 싶다고 생각하였으나 좀처럼 그럴 시간 적인 여유를 얻지 못했다. 너무나 가난했기 때문에 그 간절한 소원을 이룰 수가 없었다.

그런데 그는 마침내 간절한 소원을 이룰 길을 찾아낼 수 있었다. 그는 힘이 다하는 데까지 일하고 조그만 수입이 생기면 그 절반으로 생활하였다. 그는 나머지 반을 학교의 수위에게 갖다 주었다.

"이 돈을 드리겠습니다." 힐렐은 말했다.

"교실에 들어가서 수업을 받게 해주십시오. 저는 현인들의 말을 꼭 듣고 싶습니다."

이렇게 해서 며칠 동안이나마 힐렐 청년은 수업을 받을 수 있었다. 그러나 돈이 떨어지자 빵을 살 수 없게 되었다. 하지만 그가 낙담한 이유는 굶주림이 아니라 수위가 학교에 들어가지 못하게 하는 일이었다.

그러나 그의 끈질긴 집념으로 역경을 극복할 수 있었다. 그는 학교 건물의 벽을 타고 올라가 창틀에 가서 누웠다. 거기서는 교실 안도 환하게 보였고 이야기 소리도 들렸다.

그 날은 몸이 얼어붙을 것 같이 추운 날이었다. 이튿날 아침, 랍비들이 여느 날처럼 학교에 나왔다. 그런데 하늘은 활짝 개어 있는데도 어쩐지 교실 안에 그늘이 드리워져 있는 것 같았다. 랍비들이 그 원인을 찾아보았다. 그러자 교실 밖의 창틀에 사람이 누워 있는 것이 보였다. 게다가 그의 몸 위에는 눈이 하얗게 쌓여 있었다. 가서 보니 그것은 반 동태가 된 불쌍한 힐렐이었다. 그는 밤새도록 거기 누워 있었던 것이다.

그런 일이 있은 뒤로는 누가 돈이 없어서 학문을 못하겠다고 말하면, 그 사람은 이런 질문을 받게 되었다.

"당신은 힐렐보다 가난합니까?"

불굴의 힐렐 이야기는 후세 유대인 젊은이들을 격려해 왔다. 학문에 대한 힐렐의 불타는 명언들을 여기에 소개해 보겠다.

•지식이 넓어지지 않는 사람은 퇴보하고 있는 것이다.

- 배우기를 거절하는 사람은 죽어 마땅하다.

- 부끄럼쟁이는 배울 수가 없다. 성품이 악한 자는 가르칠 수가 없다. 속세의 일에 정신없이 빠진 자는 지혜를 갖지 못한다.

- 재능을 자기를 위해서만 쓰는 사람은 정신적으로 자살하고 있는 것과 같다.

가정용 토라

지식의 양보다 배우려는
자세나 태도를 중시한다

나이가 너무 많아서 더 이상 배울 수가 없다는 생각은 유대인에게는 있을 수 없는 일이다. 사람은 아무리 늙어도 배울 수 있다. 배움으로써 젊음을 간직할 수 있다. 젊음이란 나이가 아니라 정신 자세를 말하는 것이다. 물론 이것은 현대 의학에 의해서도 증명되고 있지만 유대인이 2천년 전에 쓴 기록에도 그런 말이 있다.

유대인은 살아 있는 한 계속 배운다. 왜냐하면 배움이란 성스러운 의무이기 때문이다. 그들은 천국에 가기까지 사람은 계속 배워야 한다고 생각했다. 가장 위대한 교사도 계속 배우지 않으면 안 된다고 생각했다. 배우는 일에는 끝이 없다. 이디쉬어(중부 및 동부 유립의 유대인의 언어)의 '학자'라는 말은 히브리어의 '라무단'이란 말에서 유래되었다. 라무단은 지식이 많은 사람이 아니라 배우는 사람이란 뜻이다.

그래서 유대인들은 방대한 지식을 가진 사람보다 계속 배우고 있는 사람이 더 훌륭하다고 생각해 왔다. 지금도 유대인은 그렇게 생각한다.

탈무드 본문

지식보다
지혜를 소중히 여긴다

사람이 가진 것 중 가장 중요한 것이 무엇이냐?고 묻는다면 그것은 지성이라고 해야 할 것이다. 어째서 지성이 가장 소중하냐?고 하면 그것은 유대인의 종교적 전통에서 엿볼 수 있을 것이다.

누차 밝혔듯이 유대인은 오랜 역사에 걸쳐서 혹독한 박해를 받아왔다. 수없이 많은 도시가 불타고 재산을 빼앗겼다. 그래서 유대인 어머니들이 아이들에게 반드시 묻는 수수께끼가 있다.

"만일 네가 집이 불타고 재산을 빼앗긴다면 무엇을 가지고 달아나겠느냐?"

그러면 아이들은 돈이나 다이아몬드를 가지고 간다고 대답한다.

그러면 어머니는 "모양도 빛깔도 냄새도 없는 거야."하고 힌트를 준다. 그래도 대답할 수 없으면 어머니는 가지고 가야 할 것은 돈이나 다이아몬드가 아니라 지성이라고 가르쳐 준다. 누구도 사람의 지성을 빼앗을 수는 없다. 지성은 자기가 살해당하지 않는 한 언제나 몸에 지니고 달아날 수 있다.

이러한 연유로 유대민족에게는 책에 관한 속담이 많이 있다.

• 여행하다가 고향 사람들이 모르는 책을 보게 되면 반드시 그 책을 사서 고향으로 가지고 오라.

• 만일 집안 살림이 너무나 가난해서 물건을 팔아야 한다면 먼저 금, 보석, 집, 토지를 팔아라. 마지막까지도 팔아서는 안 되는 것은 책이다.

• 만일 두 아이가 있어서 한 아이는 다른 사람에게 책을 빌려주는 것을 싫어하고, 또 한 아이는 책을 빌려주기를 좋아한다면 너희 책은 뒤의 아이에게 물려주어라.

• 비록 적이라 해도 책을 빌려 달라고 하면 빌려줘야 한다. 그렇지 않으면 네가 지식의 적이 되리라.

• 서표(書標, 책의 내용을 소개하거나 평가하는 글)를 쓸 때는 책에 손상이 가지 않도록 쓰라.

• 책을 너의 친구로 삼으라. 책장을 너의 뜰로 삼으라. 그 아름다움에 기뻐하고 과일을 따고 꽃을 감상하라.

지식과 지성의 상징은
바로 책이다

1736년에 라트비아의 유대인 거리에서는 책을 빌려 달라는 요청을 거절한 사람에게는 벌금이 과해진다는 조례가 있었다. 또 유대인 가정에서는 침대의 발쪽에 책을 놓으면 안 된다. 항상 머리 쪽에 책을 놓으라고 얘기한다.

지성이 얼마나 유대인 사회에서 중요시 되는냐?하는 증거로, 유대인 사회에서 학자는 왕보다 더 훌륭하다고 생각하여 깊은 존경의 대상이 되어온 것으로도 알 수 있다. 이것은 유대인이 자랑할 만한 전통이다. 다른 민족들은 왕후, 귀족 혹은 군인을 학자의 위에 놓는다.

그만큼 유대인은 학문을 숭상했다. 그러나 유대인은 지식보다 지혜를 존중하였다. 왜냐하면 지식은 있으나 지혜가 없는 자는 많은 책을 지고 가는 당나귀와 다를 것이 없기 때문이다.

지식은 아무리 많이 지닌다고 하더라도 소용이 없다. 그것이 좋은 목적으로 쓰이지 않으면 오히려 해로울 수도 있다. 또 단지 지식을 모으는 것은 책을 쌓아두는 것과 같다. 지식은 지혜를 닦기 위해서 몸에 익히는 것이다.

별생각 없이 배운다는 생각도 멸시를 받았다. 그래서는 모방에 지나지 않기 때문이다. 배운다는 것은 어디까지나 자기가 독창적으로 생각을 하기 위한 기초이다. 히브리어로 지혜로운 자를 '홋헴'이라고 하는데 '홋헴'은 '호프마(지혜)'를 가지고 있으며 그것을 유용하게 쓸 수 있는 자이다. '홋헴'은 반드시 인텔리인 것은 아니다. 이를테면, 고기장수나 배추장수 중에도 '홋헴'으로 알려져 있는 사람이 있었고, 또 옛날의 위대한 랍비는 양치기이거나 구두장이기도 했다.

이 지혜자 중에서도 가장 지혜로운 자는 '탈밋드 홋헴(탈무드에 정통한 자)'이라고 불리며, 탈무드나 토라에 정통했다. 이러한 현자는 어떤 정규 교육을 받는다고 해서 되는 것도 아니고, 또 이런 칭호를 준다고 '탈밋드 홋헴'이 되는 것도 아니다.

젊은 학도가 지식을 쌓고 지성을 발휘하는 동안에 통찰력을 얻고 또 겸허해야 한다는 것을 배우면 '홋헴'이라고 불리게 된다. 학식과 마찬가지로 겸손이 존중되었다. 자기가 행복하다고 느끼는 자는 행복하지만 자기가 현명하다고 생각하는 자는 어리석은 자이다. 벼이삭은 익을수록 머리를 아래로 숙이는 법이다. 이것은 지혜자라는 증거이다. '탈밋드 홋헴'은 일생 동안 배우는 것을 게을리 하지 않으며, 많은 사람으로부터 지혜가 많다고 생각되는 자에게 주어지는 호칭인 것이다.

고대 유대 사회에서 '탈밋드 홋헴'에게는 세금이 면제되었다. 지혜자의 존재는 사회 전체를 위해서 도움이 된다고 생각했기 때문이다. 그뿐 아니라 지역 사회에서 경제적으로 그의 생활을 부조해 주는 전통이 있었다.

유대인이 '홋헴'을 얼마나 존중하였는지를 나타내는 말을 소개하려고 한다.

• '홋헴'과 부자중 어느 쪽이 훌륭한가? 그것은 물론 '홋헴'이다. 왜냐하면 '홋헴'은 돈의 고마움을 알고 있지만 부자는 '호프마'의 고마움을 모르기 때문이다.

배움은 안목과 통찰력을 기르는 일이다

배우는 데 있어서 질문은 매우 중요한 일이다. 사람은 배움을 통해서 한 가지 중요한 것을 깨닫는다. 그것은 언제나 의심하고 질문하는 일이다. 의심을 가지는 것은 지성으로 들어가는 문이다. 알면 알수록 의심하게 된다. 질문이 늘어나는 것이다. 질문은 사람이 진보할 수 있게 만들어 준다. 뭔가 새로운 것을 알고자 하는 욕구가 없는 사람은 질문할 거리도 없기 때문이다.

자기에 대해서 질문하는 것도 중요한 일이다. 탈무드에는 "좋은 질문은 좋은 대답을 끌어낸다."라는 말이 있지만, 우리는 흔히 남에게 뜻밖의 질문을 받고 놀라는 일이 종종 있다. 그리고 이러한 경우 자기도 미처 생각지 못한 좋은 답을 말하는 경우가 있다. 질문에는 대답과 마찬가지의 힘이 있는 것이다.

호기심이 없는 자는 의심할 줄 모른다. 생각한다는 것은 의심하는 것과 대답하는 것으로 이루어져 있다. 현자는 의심을 잘 하는 사람을 말한다. 사람이 정말로 확신을 가질 수 있는 일은 이 세상에 있을 수 없다. 의심하기 시작하면 모든 것이 의심스럽게 된다. 그러나 깊은 의심으로 시작하여 힘겹게 얻은 확신이야말로 확실한 것에 더욱 가깝다.

그리고 모든 미망이나 의심은 행동함으로써 끝날 수 있다. 마지막에는 결행해야 한다.

너무 지나치게 생각한다는 것은 결국 행동해야 하는 시간을 늦추는 것이라고 고대의 랍비들은 생각하였다. 망설이는 것은 위험하다. 순간적으로 결단하지 않으면 좋은 기회를 놓치는 일이 많다. 때에 맞추어서 대담하게 행동하는 자만이 승리를 거둘 수 있다. 그때에 가서 허둥대어서는 기회를 놓쳐버린다.

그렇다면 사람은 무엇 때문에 배우는 것인가? 사람에게 완전히 똑같은 상황이 두 번 되풀이되는 일은 없다. 따라서 새로운 상황에 직면하였을 때는 이때까지 배운 것은 참고로 할 수밖에 없다. 분명히 참고로 삼을 수는 있다. 그렇다면 사람이 마지막으로 기댈 수 있는 것은 직감이다.

우리가 배우는 것은 감성의 칼날을 날카롭게 갈아서 날이 서게 하기 위해서이다. 산을 오래 다녀본 베테랑 사냥꾼은 날카로운 직감을 가지고 있다. 이 직감력은 오랜 체험에 의해 단련되었다기보다 오랜 체험에 의해서 체득된 것이다.

그래서 자기가 현실에서 체험하지 않은 일도 다른 사람의 간접체험을 배움으로써 직감력을 날카롭게 해주게 된다. 직감력이라는 것은 논리적으로 설명할 수 없는 신비스러운 것으로 보일지도 모른다. 그러나 순간적으로 직감에 따라서 내려진 결단은 그때까지 쌓아올린 지혜가 뒷받침하고 있는 것이다.

직감은 통찰력이라고 바꾸어 말해도 좋을 것이다. 배우는 것은 순간적인 통찰력을 얻기 위한 준비과정인 것이다.

학식이란
값비싼 시계와도 같다

학식은 자랑하고 과시하기 위한 것이 아니다. 자기 능력이 뛰어난 것이나 자기에게 힘이 있다는 것을 스스로 말해서는 안 된다. 만일 그렇게 하면 사람들이 싫어하게 될 것이다.

탈무드에서는 학식이나 능력을 값비싼 시계와 같다고 말한다. 요컨대 가지고 있다는 것을 자랑하는 것은 어리석은 짓이다. 다른 사람이 시간을 물었을 때에 비로소 시계를 꺼내야 한다.

그러한 사람이어야 비로소 퍼내고 또 퍼내도 마르지 않는 샘물과 같은 학식이 넘쳐나는 것이다. 유대인은 학식을 샘물에 비유하곤 한다.

"깊은 우물은 아무리 물을 길어내도 마르지 않는다. 얕은 우물은 바로 금방 물이 마른다."

돈이나 재산은 쓰면 바로 없어지는 것이지만 지식은 언제나 따라다닌다. 그러므로 '배우는 것은 평생의 일'이 되는 것이고, "나는 은사님으로부터 많은 것을 배웠다. 친구로부터는 더 많은 것을 배웠다. 그러나 가장 많이 배운 것은 학생으로부터이다."라는 겸손한 마음을 견지해야 한다.

랍비 아브라함 벤 에즈라는 "지혜는 겸손을 낳는다."고 말했다.

교육에는 무릇
두 종류의 부류가 있다

하늘은 어디서부터 시작되는 것일까? 그렇게 물으면 뭐라고 대답할 것인가? 당신의 발밑에서 시작된다고 할 수 있다.

개미에 대해서 생각해 보자. 가령 개미에게 하늘이라면 높이가 얼마나 되는 것일까? 당신의 구두 밑에서부터 개미의 하늘은 시작될 것이 틀림없다.

그렇다면 도대체 세계는 어디서부터 시작되는 것일까? 세계는 당신 자신으로부터 시작되어야 한다. 그러나 많은 사람은 이렇게 말한다.

"내가 이 세계를 더 좋게 바꿀 힘이 있을 리가 없다. 나는 완전히 무력하다."

그렇게 말하며 자기는 세계의 일부가 아니라고 생각한다. 이것은 많은 사람들이 빠지게 되는 잘못된 생각이다. 무기력해져서는 안 된다.

모든 문제는 사람으로부터 시작된다. 당신은 세계가 안고 있는 곤란한 문제를 더욱 크게 만들 수도 있고, 그것을 해결하기 위해서 작은 힘을 보태줄 수도 있다. 당신은 전혀 무력한 존재가 아니다. 적어도 자신의 힘으로 자기 주위의 세계는 바꿀 수 있을 것임에 틀림없다.

우선 자기를 둘러싸고 있는 세계에서 중요한 것은 무엇일까? 그것은 가족이다. 왜냐하면 가족 관계가 원만하게 돌아가는 사람들에겐 불행한 일이 적기 때문이다. 그 다음에는 자기가 하는 업무가 있고, 또 자기가 살고 있는 지역 사회가 있다. 그러면 어떻게 하면 좋은 세계를 만들 수 있을까? 그것은 먼저 배움으로써 더욱 좋은 환경을 만들 수 있다. 배움이라는 것은 결코 학교에 가거나 책을 읽는 것만이 아니다. 자기의 주위 사람들이 무엇을 바라고 있는가?를 알아보는 것도 중요한 배움의 일부이다.

필자가 걱정하는 것은 배움이라는 것이 매우 한정된 일이 되어버렸다는 사실이다. 배움이라는 것은 학교 교육이거나 혹은 업무상 도움이 되는 지식을 얻는 일로 국한되어 있다. 애석하게도 '공부한다, 배운다'는 것이 모두 현실적 이익과 관련을 맺고 있다.

배움이라는 것은 가장 폭이 넓은 것이어야 한다. 그렇지 않으면 사람이 살아가는 데 도움이 되지 않는다. 배우는 목적은 사람다운 인생을 살아가기 위함이고, 사람으로서의 매력을 더 높이기 위한 것이다.

그런데 오늘날에는 학문에서 선악을 떼어 놓아야 한다고 사람들은 생각하고 있다. 과학은 사실만을 다루고 선악과는 관계가 없다고 생각하는 것이다. 과학이라는 것은 그러한 것이며, 또 마땅히 그래야 한다. 그러나 요즈음 사람들은 과학이 인간 삶의 도구라는 것을 까맣게 잊고 있다. 최종적으로 인간이 과학을 사용하기 위해서는 선악의 판단을 하지 않으면 안 된다. 따라서 오로지 객관적인 학문은 우리의 도구에 지나지 않는다.

과학기술은 사람의 생활을 크게 바꾸어 놓았다. 그 힘에 의해서 선진 공업국에서는 빈곤이 추방되었다. 지난날 빈곤은 사람들을 굴욕적인 처지로 몰아넣었다. 과학이야말로 생활을 가장 크게 바꾸어놓은 힘이다. 그만한 힘을 인정해주는 것은 정당하다. 그러나 과학의 원동력을 과신한 나머지 자기도 모르게 과학이 모든 가치의 지배자라고 잘못 생각하고 있지는 않은가?

사람의 생활에는 무엇이 좋고, 무엇이 나쁜가?하는 가치판단이 선행되어야 한다. 좋고 싫은 것만을 찾으면서 사는 인간은 일시적인 인생밖에 살지 못한다. 이익이나 손해라는 것도 역시 일시적인 것에 지나지 않는다. 사람은 일시적인 것을 넘어서는 것을 가지고 있지 않으면 남을 끌어당길 수 없다. 변하지 않는 것을 가지고 있는 사람만이 다른 사람들의 신뢰를 얻을 수 있다. 신용이라는 것은 그러한 것이다.

선악의 판단은 한 사람으로부터 시작된다. 탈무드에서는 "다른 사람보다 뛰어난 자는 두 가지 교육을 받고 있다. 하나는 교사로부터 받는 교육이고, 또 하나는 자기 자신으로부터 받는 교육이다."라고 가르친다.

사람은 자기 자신에 대해서도 교사가 되어야 한다. 자기를 이끄는 리더가 되어야만 한다. 리더십이라는 것은 거기에서부터 시작된다. 자기를 이끌 때는 우선 첫째로 도덕적인 원칙이 있어야 한다. 둘째로 좋은 시민으로서의 자질이 있어야 한다.

사람은 누구나 빛과 그늘이라는 양면성을 가지고 있다. 즉, 새하얀 사람도 없고 새까만 사람도 없는 법이다. 아무리 선량한 사람에게도 그늘이 있고 어떤 악인에게도 빛이 있다. 그러므로 그늘이 있다고 해서 부끄러워할 필요는 없다. 빛의 부분을 더 밝게 하면 되는 것이다. 반대로 빛이 있다고 해서 안심하고 있어서는 안 된다. 그늘의 부분을 작게 하도록 노력하지 않으면 안 된다.

인간의 교육도 세상을 위해서 도움이 되도록 해야 한다. 사람은 무엇을 위해서 태어났는가?

탈무드에는 이렇게 대답하고 있다.

"사람은 자기 보존과 남을 돕기 위해서 태어났다."

그리고 옛날의 랍비들은 자기만을 위해서 살아도 안 되고 다른 사람만을 위해서 살아도 안 된다고 생각하였다. 자기 이익만을 생각하는 것은 탐욕스러운 행위이고, 자기 희생만을 강요하는 것은 광신적인 행위이다.

남을 능가하기보다
먼저 자기 자신부터 극복하라

사람은 천성이 나태하기 쉬운 존재다. 그러므로 늘 새로운 일에 대해서 관심을 갖지 않으면 흔히 생활이나 생각조차도 단조롭게 되풀이가 되고 만다.

앨버트 아인슈타인은 "사람은 늘 새로운 것을 생각하지 않으면 로봇처럼 단순화되어 버린다."라고 충고하고 있다. 그러니까 수동적인 사람은 습성에 의해서 기계처럼 움직이게 된다.

토마스 만은 "습성은 사람에게 수면과 같은 것이다. 어릴 때나 청년기에는 시간이 길게 느껴지는 것은 늘 새로운 것을 만나서 강한 자극을 받기 때문이다. 중년을 지나면서부터 1년이 빨리 지나간다고 생각되는 것은 틀에 박힌 습성에 빠져 살기 때문이다."라고 말했다.

오늘날의 생활에서 매스미디어가 넘쳐남으로써 많은 사람들이 어떠한 일을 하는가?를 생각해 보자. 우리는 아침에 일어나서 서둘러 출근 준비를 하는 동안 텔레비전 뉴스를 본다. 신문을 바삐 훑어보면서 빵과 커피를 삼킨다. 혹은 전철에서나 회사에서 신문이나 PC 또는 스마트폰으로 최신 뉴스를 읽는다. 신문이나 특히 인터넷 뉴스는 대수롭지 않은 사건이나 사고를 센세이셔널하게 다루고 있다.

왜, 대부분의 사람들은 뉴스를 궁금해 하는 것일까? 단순히 어떤 사실을 알고 싶기 때문일까? 그렇지 않으면 다른 사람이 모두 알고 있는 것을 자기가 모른다면 불안하기 때문일까? 이미 TV나 PC로 뉴스를 접하는 것은 고질적인 습관이 되고 있다. 날마다 다른 뉴스가 뒤를 이어 밀어닥친다. 그리고 우리는 날마다 먹는 식사처럼 그 뉴스를 소화해 버린다. 그리고 이튿날이 되면 또 PC나 텔레비전이라는 접시에 새로운 음식물 뉴스가 담겨져 나온다.

TV의 오락이나 드라마도 마찬가지로 중독이 되는 것이다. 어느 나라 텔레비전은 교육 프로를 제외하고는 수준이 낮은 프로그램들뿐이다. 눈요기라고나 할까? 전혀 지적 자양분이 들어 있지 않다. 나도 처음 텔레비전이 등장하였을 때는 텔레비전 앞에 거의 못 박힌 듯이 붙어 앉아서 갖가지 오락프로를 보았다. 그러나 어느 정도 시간이 지나자 그것은 눈앞에 놓여 있는 땅콩과 같은 존재가 되어 특별히 좋아하는 것도 아닌데 그만둘 수 없게 되었다는 것을 알게 되었다.

그리고 우리의 생활에는 스마트폰, TV뿐 아니라 우리를 중독시키는 많은 요소들 때문에 대부분의 시간을 빼앗기고 있는 것이 아닌지, 혼자 조용히 앉아서 자신의 생활을 차분히 짚어볼 필요가 있지 않을까?

예전에 일간 신문에 이러한 기사가 실렸던 적이 있다.

"요즘 잘나가는 외국어 학원에 가보면, 야간 강의실에는 직장인들의 모습이 눈에 두드러지며, 그중 40%가 거의 결석을 하지 않을 만큼 학습 의욕이 왕성하다."

어느 외국어 학원이 직장인 수강생 582명을 대상으로 조사한 바에 의하면 25%가 동료나 윗사람 몰래 수강한다. 이 '비밀도'는 연령이 높아질수록 높아지며 40대의 직장인은 30%가 남몰래 맹렬히 공부한다.

수강료를 마련하기 위해서 대출을 사용하는 사람이 40%이고, 골프나 다른 유흥을 그만두었다는 사람은 10%이며, 술과 담배를 끊었다는 사람은 3.6%이다. 직장인들이 신경 쓸 일이 많은 것은 회사 밖에서도 마찬가지이다."

요즘엔 외국어를 배우는 일뿐 아니라 직장인의 자기계발이 왕성해졌다. 정기적으로 모이는 동아리도 수없이 많으며, 강연이나 세미나도 늘어난 것 같다. 이런 경향은 좋은 일이다. 우리 사회도 2000년대 들어 경제적으로 풍족해져서 그 결과 갈수록 지적인 인재가 요청되고 있다. 인건비가 올라감과 동시에 사람들의 욕망이 다양화되었다. 이러한 다양화는 사회를 형성하고 있는 요소를 기하급수적으로 증가시킨다.

대개 사회를 진보시키는 요소가 많아질수록 변화를 만들어내는 요인도 많아진다. 따라서 그만큼 변화를 예측하는 일도 어려워지게 된다. 그러므로 자기 내면에 될수록 많은 지적인 요소를 쌓아가는 인재가 필요한 세상이 되었다.

이제는 그저 근면하다는 것만으로는 높은 평가를 받지 못하게 되었다. 근면이라는 것은 일종의 습성이다. 몸의 컨디션을 좋게 유지하기 위해서는 날마다 걷는 일을 비롯하여 적절한 운동이 필요하다는 것은 누구나 잘 아는 일이다. 그러나 지력을 높은 수준으로 끌어올리기 위해서는 언제나 새로운 지적인 자극을 받을 필요가 있다는 것은 육체적 운동만큼 잘 인식되지 않고 있다.

그래서 늘 새로운 것을 배우고 지적인 힘을 길러야 한다. 지식은 은그릇과 같은 것으로, 닦기를 게을리하면 곧 광채를 잃고 흐릿해져 버린다. 그리고 많은 일을 배우면 그것이 결합되어 새로운 지혜나 통찰력이 솟아나는 법이다. 다른 요소가 서로 융합되어 시너지

효과로 작용하게 된다. 자기 자신도 놀랄 정도의 지혜와 견해가 생기는 것이다.

사람으로서 인생 최고의 목적은 무엇일까? 자기를 창조해내는 것이 최대의 일이다. 물론 사람은 누구나 이미 어머니의 뱃속으로부터 태어나 살아간다. 그러나 이것은 생물학적인 탄생이다. 거기에서부터 사람은 다시 한번 더 태어나야 한다. 자기가 자신을 만들어내는 것이다. 사람은 일생에 두 번 태어나는 것이다.

모든 사람은 자기 나름대로의 창조력을 갖추고 있다. 그러나 대부분의 사람은 스스로 갖추고 있는 창조력을 끌어내려는 노력을 하지 않는다.

탈무드에서는 "다른 사람보다 뛰어난 사람은 정말로 뛰어난 사람이라고 할 수 없다. 이전의 자기보다 발전된 사람이 정말로 뛰어난 사람이라고 할 수 있다."고 말한다. 다른 사람을 앞지르려고 하는 것보다 자기를 앞지르려고 노력하는 사람이 어느 날 다른 사람보다 뛰어나게 되는 것이다.

부모가 자식에게 물려주어야 할 유산은 뭘까?

요즘의 부모들은 자식에게 자동차까지 사주고, 게다가 용돈을 많이 주고 능력 이상의 학교에 보내고 싶어 한다. 이런 일들은 예나 지금이나 똑같은 현상에 속하는 일이다. 즉 이러한 부모는 자기가 예전에 가질 수 없었던 것들을 자녀들에게 주고 싶어서 그렇게 하는 것이다.

그러나 그렇게 하지 않아도 좋을 것이다. 부모가 가지고 있는 정신적인 것과 같은 걸 갖게 하면 족하다. 부모가 가지고 있는 애정, 근면성, 겸손, 절약의 정신 등 이러한 것을 아이들이 받아들이기만 해도 충분히 훌륭한 교육이 된다. 물론 자녀들이 좋은 회사에 들어가거나 좋은 학교에 들어가는 것도 나쁜 일은 아니다. 그러나 흔히 부모가 갖지 못했던 것을 자녀들에게 주고 싶다거나 부모가 못했던 일을 자녀들이 할 수 있도록 배려하고 싶다고 부모가 애를 태우는 동안 정작 부모 자신이 가지고 있는 것을 주지 못하는 수가 있다.

탈무드에서는 말한다.

• 아버지가 나의 마음에 남겨준 것을 나는 아이들에게 고스란히 넘겨주고 싶다.

• 다섯 살 된 아이는 당신의 주인이고, 열 살 된 아이는 노예이고, 열다섯 살 된 아이는 당신과 동격이 된다. 그리고 그 뒤에는 양육 방식에 따라서 친구도 되고 원수가 되기도 한다.

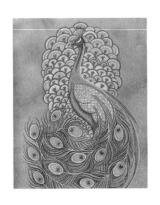

부모와 교사는
큰 산과 같은 존재이다

캘리포니아 주의 새크라멘토에 가면 주의회 건물에 다음과 같은 말이 새겨져 있다.

"고향의 높은 산들 못지않게 하늘 높이 솟아오른 사람을 만들자."

이것과 똑같은 생각이 유대인에게도 있다.

히브리어로 산을 '하림'이라고 한다. 부모는 '호림'이라고 한다. 교사는 '오림'이라고 한다. 그래서 유대인은 부모와 교사는 마치 산처럼 보통의 사람보다 높이 솟아오른 존재라고 생각한다.

산이 하늘처럼 높이 솟기를 원하는 것처럼 그들도 자녀나 제자들을 위해서 될수록 높은 곳에 오르도록 바라고 있다. 자녀들이나 제자들이 산과 같은 높이에 도달해야 한다고 가르치고 있다.

유대인은 누구보다 교육열이 대단한 민족이기 때문에 3살 때부터 자녀에게 공부를 시킨다. 그들은 매주 6일 동안 하루에 6시간 내지 10시간씩 공부를 시킨다. 선생의 집이나 학교에서 토라나 탈무드를 열심히 배워 바르미츠바(성인식)에 대비하는 것이다.

역경을 이겨내는
긍정 마인드

　인간의 위대함은 언제 발휘되는가! 그것은 절망스럽거나 어려움에 처했을 때이다. 유대민족이 그랬고 한민족이 그랬다. 유대인들은 우리와 마찬가지로 지정학적인 위치로 인해 1,000회 이상 외세의 침략으로 온갖 고난과 고통을 감내해야만 했다.

　그러나 유대들은 이를 지혜롭고 슬기롭게 극복하여 세계 경제를 좌지우지할만한 힘을 지닌 존재로서 부각되기에 이르렀다. 뿐만 아니다. 어느 분야를 막론하고 지구촌을 이끌고 가는 주체자로서 활약하고 있다.

　무엇보다 유대인들은 엄청난 교육열과 철저한 경제관념을 밑바탕으로 삼고 있기 때문에 특히 창의적인 분야에서 두각을 나타내고 있다.

하늘이 무너져도
솟아날 구멍은 있다

역사가 시작된 이래 인류는 전염병이나 전쟁, 자연 재해와 같은 큰 위험을 끊임없이 겪으면서 살아왔다. 그 중에는 우리 인간들의 손으로 만들어진 고난도 적지 않았다.

그래도 필자는 사람을 믿는다. 원자력 에너지를 개발하는 능력을 갖추고 있는 인간이 그 지식을 이용하여 아름다운 세계를 파괴하리라고는 도저히 생각할 수 없기 때문이다.

그렇기는 하지만 우리는 국제적으로나 사회적 환경에서 악에 대항한 싸움의 결과가 흔히 실망으로 끝나는 것을 우리는 자주 보고 듣고 있다. 뉴스를 보면 위안이 되기보다는 오히려 비관이 앞선다. 폭력, 고통, 무관심과 망각, 고난에 빠진 세계의 모습을 날마다

보게 된다.

내 개인의 주위를 둘러봐도 이혼이나 죽음, 노여움과 고통, 말다툼과 혼란, 게다가 인간적 관계의 단절을 보지 않는 날이 단 하루도 없다. 이러한 상황 속에서 우리는 어떻게 하면 좋을지 몰라서 허둥거리는 일도 있다. 도대체 앞으로 어떻게 살아갈까?하고 낙담하는 일도 있다. 그래도 깊은 감명을 주는 이야기를 들으면 새로운 용기가 솟아나기도 한다.

어느 유명한 박물관 구석진 벽에 매우 색다른 그림이 걸려 있었다. 그것은 인간과 악마가 장기를 두고 있는 그림인데 〈장군!〉이라는 제목이 붙어 있었다. 이 그림의 테마는 매우 기발하다고 필자는 생각한다. 사람은 이때까지 쌓아온 지혜, 통찰력, 경험이나 전략을 모두 동원해서 악의 상징인 악마를 상대로 싸우고 있는 것이다.

어느 편이 이길 것인가? 양쪽이 필사적인 힘을 짜고 모든 능력을 다 기울여서 싸우고 있다. 하여튼 이 게임(즉, 이 세상에서 우리의 생활)은 매우 중요한 승부이다. 그러나 유감스럽게도 이 그림의 제목은 〈장군!〉으로 되어 있어서 악마가 유리한 형세에 있다. 인간도 전력을 다하고 있으나 지금 인간 쪽에 '장군!'이 걸려 있는 것이다.

이 박물관을 찾은 어떤 사람이 장기의 그림과 그 의미에 깊은 감동을 받은 나머지 캔버스에서 눈을 떼지 못했다. "악마가 인간에게 장군을 부르는 일 따위가 있을 수 있을까?" 자기도 모르게 그의 입에서 이런 말이 새어나왔다. 점점 우울한 기분이 든 그는 더욱 열심히 그 그림을 바라보고 있었다.

그러더니 갑자기 그 사람은 그 자리에서 펄쩍 뛰면서 미친 사람처럼 소리를 지르기 시작했다. "거짓말이야, 거짓말이야." 박물관은 소리를 지르지 않고 묵묵히 구경하는 장소이므로 큰소리를 내는 것은 용서받지 못한다. 그는 바로 밖으로 내쫓겼다. 그러나 그는 다시 그 자리로 되돌아와서 그림 앞에 섰다. 그리고 또 물끄러미 바라보고 있는 동안에 그의 생각은 다시 흥분하게 되어 항의의 소리를 다시 질렀다. 그러자 또 조금 전처럼 내쫓겼다. 세 번째 들어오니까 장내의 정숙을 지키기 위해서 그림에 특별한 감시원이 딸려 있었다.

이번에는 그의 주위를 사람들이 에워쌌다. 그는 또 소리치는 것이었다.

"거짓말이야, 거짓말! 장군이 아니야. 희망은 있어. 아직 한 가지 수가 남아 있단 말이야."

주위에 모여든 사람들도 장기판을 주목하고 있었다. 사실, 그림 속의 인간은 궁지에 몰려 패배하고 있는 것처럼 보였다. 그러나 장기를 잘 두는 그는 절망적으로 보이기는 하나 아직 꼼짝 못할 '장군'이 아니라 빠져나갈 길이 하나 남아 있는 것을 알고 있었던 것이다. 인류에게는 아직 한 수가 남아 있어서 그 한 수로 구원을 받는다. 아직 희망은 있다. 거기에 모여든 사람들은 모두 그 의미를 깨달았다.

과연 악마는 지금 우리 인간에게 장기를 두자고 꾀어 가지고는 막판으로 몰아넣고 있다. 그러나 아직 마지막 한 수가 남아 있다. 기사회생의 한 수가⋯⋯. 인간에게는 아직 희망이 있다.

우리 주위에는 고난과 장애물밖에 없는데 어떻게 그 희망을 찾아낼까?하고 물을지도 모른다. 그것을 위해서는 장기의 작전을 생각해 볼 필요가 있으리라. 가령 악과 싸우는 것도 좋으나 악의 반대편인 선을 강화하는 노력을 한 일이 있는가? 병과 싸울 때 가장 효과적인 수단은 세균이나 독소를 죽이는 것보다 적극적으로 자기의 몸을 건강하게 만드는 일이다. 충분한 영양과 휴식을 취한 몸은 외적에 대해서 자동적으로 저항력을 갖는다. 생명의 저울은 언제나 희망과 절망 사이를 왔다 갔다 한다. 그러나 생명을 지키는 힘인 희망의 무게를 더 늘림으로써 저울추를 우리에게 유리한 방향으로 기울어지게 할 수도 있다. 절망과 싸우기보다 희망을 유지하는 것이 훨씬 더 효과적인 것이다.

살아가기 위해서 우리는 용감하고 훌륭한 성질을 활성화시켜 나가지 않으면 안 된다. 우리 자신을 직시하기 위해서라도 그러한 능력을 발휘하지 않으면 안 된다. 우리 최대의 적은 본능적인 욕망, 성질, 즉 고도의 행동을 방해하는 본능인 것이다.

공포, 소심, 무기력, 두려움과 같은 것이 늘 우리의 활동을 억누르려고 한다. 행복한 세계를 만들 때는 희망도 일종의 행복이고 더구나 최대의 행복이라는 것을 언제나 마음에 새겨둘 필요가 있다. 내일을 뜻하는 명일(明日)은 '밝은 날'이란 뜻이다. '명일'의 이미지에서 현자의 지혜와 신의 환희가 느껴지지 않는가!

여기서 소박한 우화를 한 가지 소개하겠다. 개구리 세 마리가 우유통 속에 빠졌다. 첫째 개구리는 "모든 것은 하나님의 뜻에 달렸다."고 말하고는 네 발을 쭉 뻗은 채 아무 일도 하지 않았다. 둘째 개구리는 "이 통은 깊어서 기어나가기는 틀렸고 어쩔 수가 없다."고 말하고는 역시 아무 노력도 하지 않은 채 익사해버렸다. 셋째 개구리는 비관이나 낙관도 하지 않고 현실을 직시했다. "이건 곤란하네, 어떻게 하면 좋을지 모르겠구나."하면서 뒷다리에 힘이 있는 동안은 코를 위로 내놓고 천천히 헤엄치고 있어야겠다고 생각했다.

그러는 동안에 다리에 무언가 약간 단단한 것이 부딪쳤다. 그래서 가까스로 다리를 딛고 설 수 있게 되었다. 버터가 만들어졌던 것이다! 헤엄치면서 우유를 휘젓고 있는 동안에 버터가 생겨나서 그 위에 서게 되었던 것이다. 그리하여 셋째 개구리는 무사히 통 밖으로 빠져나올 수 있었다.

여러분도 헤엄치기를 계속하라. 탈무드에서는 다음과 같이 말하고 있다.

- 너무 오래 기다리면 그만큼 실망이 크다.
- 이 세상에서 제일 힘겨운 일은 일이 없는 것이다.

유대인에게 하루는
저녁부터 시작된다

보통 하루라고 하면 누구나 아침부터 밤까지라고 생각하는 법이다. 그러나 유대인들의 발상은 다르다. 뜻밖에 이러한 점에서도 유대인이 끈질기게 살아남은 비밀을 찾아볼 수 있을지 모른다.

유대인의 하루는 일몰에서부터 시작된다. 가령 안식일인 '사바스'는 금요일 일몰에서부터 시작하여 토요일 일몰에 끝난다. 하루의 시간에 대한 이러한 계산법은 유대인에게만 있는 것이다.

탈무드에는 랍비들이 어째서 하루가 저녁부터 시작되는가?하는 문제로 논쟁을 벌였다. 그들의 결론은 처음에 밝았다가 나중에 어둡게 끝나는 것보다 처음에 어두웠다가 나중에 밝게 끝나는 것이 낫다는 것이다. 그것은 인생에서도 마찬가지다. 이것은 유대인이 낙관적이라는 것을 나타내는 징표이다.

유대인은 억척스러울 만큼 낙관적인 사람들이다. 시간이 지나면 모든 일은 반드시 좋아진다고 생각한다. 물론 노력도 기울인다. 그러나 어떠한 역경에 처해서도 모든 일을 내던지고 절망하는 일은 없다. 언제나 희망을 버리지 않는다. 계속해서 헤엄을 치던 개구리의 이야기를 생각해보기 바란다.

희망은 미래를 자기 것으로 만드는 실마리이다. 인간이 품고 있는 힘 중에서 가장 강한 것이 희망의 힘일 것이다. 희망이 있는 한 인간은 미래의 꼬리를 잡고 있는 셈이다. 희망은 미래라는 냄비에 붙어 있는 손잡이다. 거기에서 손을 떼면 안 된다. 죽음이 왜 그토록 무서운 것인가?하면 희망을 끊어버리기 때문이 아닌가!

물론 유대인에게도 머리를 썩혀야 할 일이 많다.

탈무드에는 "사람은 죽으면 벌레에 먹히고 살아 있는 동안에는 고민에 시달린다."고 말한다. 또 여러 개의 고민을 갖는 것이 하나의 고민에 시달리는 것보다 낫다고도 말한다. 꼭 한 가지 고민이란 정말 아주 심각한 고민일 테니까. 많은 고민을 가지고 있으면 오히려 하늘에 감사할 만하다고나 할까? 인간은 단 하나의 고민 때문에 자살하는 일은 있지만 많은 고민 때문에 죽는 사람은 없으니 말이다.

또 탈무드에는 "내일의 일로 머리를 썩혀도 별수가 없으리라. 오늘 일어날 일도 모르니."라는 말도 있다. 냉정하게 자기를 바라보면 자기가 오늘과 과거라는 요소로만 이루어진 것이 아니라 내일이라는 요소도 많이 갖고 있는 것을 알 수 있다. 내일이라는 틀림없이 좋아질 희망의 부분도 가지고 있는 것이다. 인간은 미래를 위해서도 살 수 있는 동물이다.

인생에는 세 개의 문이 있다고 생각한다. 하나는 과거의 문이다. 둘째는 현재의 문이다. 셋째 것은 미래의 문이다. 이 세 개의 문은 어느 것이나 닫아버리면 안 된다. 그리고 어느 문 안에나 보물로 채워져 있는 생활을 만들어 가는 것이 인생의 목적이다.

어째서 업적이 있는 노인은 존경을 받는가? 과거의 문 속에 보물이 있기 때문이다. 왜, 한창 일하는 장년의 남녀는 아름답게 보이는가? 현재의 문 속에 보물이 있기 때문이다. 왜, 자녀들은 사랑스러운가? 미래를 상징하고 있기 때문이다.

유대인에게는 또 지기 싫어하는 기질이 있다. 불굴의 도전정신을 가지고 있다. 잠깐 다음의 조크를 읽어보라. 야곱이 친구 이삭으로부터 돈을 빌렸는데 내일이 갚을 기한인데도 갚을 돈이 없다. 뭐라고 핑계를 대야 할까?하고 고민을 하느라고 야곱은 잠을 이룰 수가 없었다. 그는 침대에서 일어나 방안을 왔다 갔다 했다. 그러다가 또 의자에 털썩 주저앉아 생각에 잠기는 것이다. 그러자 아내 레베카가 이렇게 말한다.

"당신은 참 바보군요. 당신이 내일 돈을 돌려주지 못한다면 잠을 못 잘 사람은 저쪽이 아니겠어요?"

그래서 야곱이 어떻게 했다고 생각하는가? 마음 놓고 푹 깊은 잠을 잘 수 있었던 것이다.

해가 비치는 날이 있으면 구름이 끼는 날도 있다. 과거는 이제 어떻게 할 수가 없다. 신은 그 대신 힘만 잃지 않으면 인간이 자유롭게 창조할 수 있는 미래를 충분히 주었다. 낙담해서는 안 된다. 좌절하는 자가 지는 것이다.

말이 하늘을 날지
못할지라도……

유대인은 언제나 낙관적이다. 그리고 그렇게 살아왔다. 그것은 오히려 오랜 고통과 괴로움의 역사를 거쳐 왔기 때문일 것이다. 절망적인 나날에도 반드시 좋아지리라는 신념을 계속 간직하여 왔다. 그렇지 않았다면 오늘날 유대인은 한 사람도 살아남지 못했을 것이다.

이를테면 유대인은 유월절에는 언제나 온 식구가 〈아니 마민〉이라는 노래를 합창한다. 히브리어로 '나는 믿는다.'는 뜻이다. 이것은 가슴을 치는 아름다운 노래이다. 이 노래는 아우슈비츠 수용소의 수인들이 작사, 작곡한 것이다. 그들은 극한 상황에 놓여 있었고 죽음으로부터 달아나지 못할 운명에 처해 있었다. 그런데 '나는 메시아가 올 것을 믿는다. 그러나 메시아의 재림이 조금 늦어지고 있을 뿐이다.'하는 노래를 부르면서 스스로 위로했다. 용기와 희망은 자기가 버리지 않는 한 다른 사람이 빼앗아갈 수 없는 것이다.

그들은 절망의 골짜기 밑바닥에서 메시아의 재림이 조금 늦어지고 있을 뿐이라고 중얼거렸던 것이다. 메시아의 재림은 세상이 좋아진다는 조짐이요, 상징이다. '나는 믿는다. 아직도 믿고 있다.'고 그들은 노래 불렀다.

유대인의 옛 동화에 '하늘을 나는 말'이라는 이야기가 있다.

옛날에 어떤 사람이 왕의 노여움을 사서 사형을 선고받았다. 그 사람은 목숨을 살려달라고 탄원하며 왕에게 이렇게 말했다.

"1년의 여유를 주시면 폐하가 제일 아끼는 말에게 하늘을 나는 재주를 가르치겠습니다."

1년이 지나도 말이 하늘을 날지 못한다면 그때야말로 왕이 자기를 사형에 처해도 좋다고 말했다. 다행히 이 탄원이 받아들여져 왕은 "가장 아끼는 말이 하늘을 날지 못한다면 그때는 너를 사형에 처하겠다."고 말했다.

같은 방의 죄수들이 "설마 말이 하늘을 날 턱이 있나?"라고 따지니까 그 사람은 이렇게 대답했다. "1년 안으로 왕이 죽을지도 모른다. 혹은 내가 죽을지도 모른다. 아니면 그 말이 죽을지도 모른다. 1년 안에 무슨 일이 일어날지 미래의 일을 누가 알 수 있겠는가! 혹은 또 1년 후에 정말로 말이 하늘을 날게 될지도 모른다."

이 이야기속에는 인생은 다양한 가능성을 열어두고 바라보아야한다는 교훈이 담겨 있다. 그러니 체념하면 안 된다는 것을 간접적으로 가르치고 있다. 희망을 버려서는 안 된다. 그러나 어디까지나 노력하면서 희망을 가져야 된다. 희망에만 매달리고 아무 일도 하지 않는다면 결과는 뻔한 노릇이다. 그렇게 되면 희망이란 놈은 거짓말을 할 뿐인 것이다.

괴로움은
오히려 사람을 강하게 만든다

유대인이 역경에서도 강인한 저항력을 발휘하는 것은 역시 유대의 긴 역사에서 비롯된 것이다. 유대인은 성경 시대 때부터 박해를 받아왔다. 그래도 유대인이라는 것을 포기하려 하지 않았다.

유대인은 흔히 잘못 인식되고 있지만 결코 특정 인종이 아니다. 오늘날 이스라엘에 가보면 피부가 흰 유대인도 있고 검은 유대인도 있다. 예를 들면 예멘에서 온 유대인과 동유럽에서 온 유대인은 피부의 빛깔도 생활습관도 매우 다르다. 유대인이란 유대교를 믿는 사람을 말한다.

그래서 중세에도 유대인이 박해받고 집이 불태워지고 무차별하게 살해되던 때도 그들이 유대교를 버리기만 하면 박해를 면했다. 가령 아메리카 대륙을 발견한 콜럼버스도 유대인이라는 설이 있다. 최근 미국 조지타운 대학의 에스텔 아이리재리 교수는 콜럼버스가 유대인일 가능성이 높다고 했다. 학자들 중에는 콜럼버스가 유대인이었음을 믿지 않는 사람도 적지 않으나 만일 그렇다면 콜럼버스는 유대교를 버리고 기독교도가 된 사람일 것이다.

유대인은 자기들의 역사를 소중하게 여기고 아낀다. 그래서 유대인의 역사는 모든 유대인에게는 직접 자기가 체험한 것과 똑같은 것이다. 유대인이 어떻게 박해를 받아왔는지에 대한 비참한 이야기는 너무나 많다.

나치가 동유럽을 점령하였을 때의 어떤 가족 이야기를 해보겠다. 어떤 조그마한 동네에서 다른 많은 유대인들이 그랬던 것처럼 유대인 한 가족이 창고 속 다락방에 숨었다. 나치는 한 사람의 유대인도 놓치지 않고 체포하기 위해서 엄격한 감시망을 펴고 있었다. 창고 속 다락방에 다섯 명이 숨어 있었다. 부모와 열 살 된 딸 레이첼과 여덟 살 된 아들 조슈와 아저씨 야곱, 이렇게 다섯 명이었다. 그리고 이웃 주민의 도움으로 식량을 조달했다. 이러한 이야기는 2차 대전 때라면 전 유럽 어디서나 들을 수 있는 이야기였다. 유명한 ≪안네의 일기≫의 안네는 이 이야기가 있었던 같은 시기에 네덜란드 암스테르담의 어느 다락방에서 가족과 함께 숨어 있었다.

이 이야기는 마지막에 혼자 살아남은 조슈가 이야기한 것이다. 식구들은 소리를 낼 수 없었다. 그래서 손짓이나 몸짓으로 이야기하는 법을 배웠다. 나치의 순찰대가 둘러보러 올 때마다 혹은 반감을 가진 읍내 사람이 올 때마다 그들은 찍소리도 내지 않고 숨을 죽이고 있어야 했다.

부모와 아저씨는 물이나 식량을 입수하기 위해서 때때로 밖에 나가지 않을 수 없었다. 그런 때는 한 사람이 살며시 빠져나갔다. 창고 가까이에서 발소리가 나면 부모는 레이첼과 조슈의 입을 막았다. 아이들은 공포심에서 소리를 지르고 싶어지는 때도 있었다.

은신 생활을 시작한 지 석 달만에 어머니가 밖에 나간 채 돌아오지 않았다. 호의를 가진 이웃사람으로부터 어머니가 독일군에게 붙잡힌 사실을 알았다. 그런 지 두 달 후에 이번에는 아버지가 돌아오지 않았다.

그래서 이젠 아저씨가 두 아이의 입을 손으로 막아야 했다. 반년 뒤에 아저씨가 밖으로 나가자 바로 총소리가 들렸다. 아저씨마저 살해된 것이다.

그런 뒤로는 필요한 때 음식이나 물을 가져오는 역할은 누나가 맡아서 하게 되었다. 창고 가까이에서 소리가 나면 누나가 조슈의 입을 막았다. 그러나 이것도 오래 가지 못했다. 둘이서 어두운 창고 속에서 한 달쯤 지낸 어느 날 이번에는 누나가 나갔다가 돌아오지 않았다. 그 이후 소리가 나면 조슈는 자기 손으로 입을 틀어막았다.

유대인이 오늘날까지 살아남은 것은 결코 절망하지 않았기 때문이다. 유대인은 무지개가 희망의 상징이라고 생각하고 있다. 왜냐하면 폭풍우가 몰아친 뒤에는 반드시 아름다운 무지개가 하늘에 걸리기 때문이다. 그러므로 유대인은 언제나 무지개가 나온다는 것을 믿고 살아왔다. 유대인이 좌절하지 않는 것은 아무리 박해를 받고 짓밟혀도 반드시 살아남을 수 있다는 것을 믿고 있었기 때문이다. 뭐니 뭐니 해도 오랜 역사를 통해 유대인만큼 가혹한 박해를 받은 민족도 없을 것이다. 그래도 유대인은 역경을 참아왔던 것이다.

나라에 따라 다르지만 동양인들은 뭔가 불운이 닥치면 너무 쉽게 좌절해 버리는 것 같다. 이를테면 빚이 많다고 해서 자살하는 사람도 있다. 입학시험에 실패하였다고 젊은 생명을 끊는 사람도 있다. 또는 좌천되었다고 자기의 장래에 대한 노력을 버리고 체념해 버리는 사람도 있다. 그러나 유대인으로서는 이런 정도의 역경이란 역경이라고 부를 만한 것도 못 된다.

탈무드에는 다음과 같은 수수께끼가 나와 있다.

"인간의 눈은 검은 눈동자 부분과 흰자위 부분으로 되어 있다.

그런데 어째서 신은 검은 부분을 통해서 사물을 보게 만든 것일까?" 이에 대한 해답은 이러하다. "인생은 어두운 것을 통해서 밝은 것을 보아야 하기 때문이다."

어떠한 역경에도 지지 않을 용기라는 것은 역경을 뛰어넘은 사람이 아니면 알 수 없을 것이다. 그러나 꼭 자기가 체험하지 않아도 역사에서 선인들이 체험한 것을 자기 체험으로 삼을 수 있는 것이다.

여러분이 유대인이 아닌 동양인이라 할지라도 유대인의 정신력과 지혜의 일부를 자신의 것으로 삼을 수는 있을 것이다.

유대인은 죽어도
신념을 바꾸지 않는다

 인간에게 신념은 중요한 것이다.

2차 세계대전 중 동유럽의 유대인 거리에서 있었던 이 이야기는 언제 들어도 감동을 준다. 이 나라는 나치에 의해서 점령되어 있었다. 어느 날, 이곳 주민들이 광장에 모여지고 나치 장교는 줄 서 있는 유대인들 중에서 어떤 중년의 교사 한 명을 끌어냈다. 나치 장교는 이 학교 교사가 유대교를 버리면 다른 유대인들도 따르리라고 생각했다. 그래서 그에게 "유대교를 버려라. 그러면 평생 동안 먹을 것, 입을 것 생활하는 데 부족함이 없게 해주겠다."라고 회유했다.

"싫습니다."하고 몸이 마른 학교 선생은 대답했다.

"너희들 하나님 같은 것은 저주나 받아라. 너도 너희 하나님을 저주하면 너희 생활도 가족도 지켜진다."

"싫습니다."하고 선생은 조용한 목소리로 대답했다.

"유대교의 신을 버려라. 그렇게 하면 내가 너를 지켜주겠다."

"절대로 할 수 없습니다."하고 선생은 더 조용한 목소리로 대답했다.

"절대로 못 한다고! 도대체 너는 네가 무슨 말을 하는지 알고나 있나? 만일 이대로 고집한다면 본보기로 이 자리에서 처형해 버릴 테다. 내가 이르는 대로 따르지 못하겠느냐?"

광장에 모여 있던 유대인들은 침을 삼키며 몸을 떨었다. 어떤 사람의 시선은 장교에 박혀 떠날 줄을 몰랐고, 또 다른 사람은 교사를 보고 있었다. 여자들 중에는 무서워서 눈을 감고 있는 사람도 있었다.

"유대의 신이 너의 목숨보다 더 소중하단 말이냐? 가슴에 손을 얹고 물어봐라. 이 바보 같은 놈아!"

"나는 나의 신념을 바꿀 수가 없습니다."

"'나는 신을 버렸다.'라고 한 마디만 하면 되는 거다."

"싫습니다."라고 교사는 창백한 얼굴로 대답했다. 장교는 권총을 뽑아 교사를 겨누고 쏘았다. 총성이 울리고 탄환이 그의 어깨에 맞았다. 그 순간 그는 헤엄치듯 손을 허우적거리며 쓰러졌다. 선생은 피를 흘리며 괴로워하면서 "아드셉 후 하로킨, 아드셉 후 하로킨(신은 신, 신만이 신)!"하고 괴로운 목소리로 낮게 노래 부르는 것이었다.

"이 돼지 같은 놈, 이 더러운 유대 녀석!"하고 장교는 소리쳤다. "우리가 너의 신보다 더 힘이 세다는 것을 모르느냐. 너의 생명은 신이 정하는 것이 아니라 내가 정하는 거다. 네가 유대교를 버린다고 한 마디만 하면 병원에 보내주겠다. 그리고 너의 상처는 낫고 너의 가족과 행복하게 살 수 있다."하고 장교는 말했다.

"싫습니다."하고 교사는 숨을 헐떡이며 말했다.

장교는 한동안 어이가 없다는 듯이 서 있었다. 순간 장교의 얼굴에 공포의 빛이 떠올랐다. 그러고는 다시 권총을 뽑더니 한 방을 쏘았다. 두 방, 세 방, 네 방…… 총성이 울리는 속에서 교사는 "싫습니다, 싫습니다."하고 중얼거리는 것을 모든 사람들은 들었다. 그리고 그는 죽었다.

이 이야기는 뒷줄에 서 있던 그 교사의 아들이 처음부터 끝까지 보고 이야기한 것이라고 한다. 그리고 이 아들은 자기 아버지가 무신론자이고 신을 믿지 않았다는 것도 덧붙여 전하고 있다.

뭐니 뭐니 해도 사람의 중심이 되는 것은 신념이다. 신념을 갖지 않은 자는 설득력이 없다. 인간이 다른 사람을 믿는 진짜 근거가 되는 것은 그 사람이 신념을 가지고 있느냐, 없느냐?라는 점에 있다. 그리고 자신감은 신념의 원천이다.

어떤 사람이 당신을 믿는다고 할 때 대체 그 사람은 무엇에 의지하는가? 그것은 당신의 자신감이다. 자신감의 핵이 되는 것이 신념이다. 비록 생명을 잃는다고 해도 지켜야 하는 것이 신념이다. 자긍심을 갖는 것은 중요하다. 그러나 자긍심은 신념이 없는 자에게는 거짓이 되어버린다. '아드셉 후 하로킨, 아드셉 후 하로킨'이라는 말은 오랜 역사를 통해서 유대인 순교자들이 외워온 말이다.

신념은 자존심이란 말로 나타내기도 한다. 우리도 영어에서 따온 외래어를 써서 "그 사람은 프라이드가 강하다."라고 말한다. 그것은 흔히 조그만 일에도 자기의 자존심이 상처 받았다고 벌컥 화를 내는 것을 말한다.

그러나 자존심과 허영은 다르다. 자존심이 상했다고 생각하며 벌컥 화를 내는 것은 사실은 자존심이라고 할 수 없다. 다른 사람에 의한 평가에 민감하기 때문에 자극을 받으면 바로 흥분하는 데 지나지 않는다. 이러한 사람들은 다른 사람의 평가에 의해서 자기를 잰다. 그러니 그들은 다른 사람의 눈치나 보며 사는 것이다.

참된 자존심은 자기를 자신에 대해서 자랑하는 일이다. 다른 사람에 대해서 자기를 자랑하는 것은 진실한 의미에서 자랑이 아니다.

필자가 동양에서 생활하는 동안에 한 가지 마음에 걸리는 점은 동양에서는 '명예'라는 말이 사회적으로 높은 평가를 받는 뜻으로 잘못 사용되고 있다는 사실이다. 영어로 honor, 즉 '명예'라고 하면 자기에 대한 명예를 의미한다. 명예를 가지느냐?, 못 가지느냐? 하는 것은 결국 자기에 대한 문제이지 주위 사람과는 관계가 없다. 자랑도 명예도 개인적인 내면의 일인 것이다.

이렇게 정말로 자긍심을 가지고 명예를 존중하는 사람은 다른 사람으로부터도 신뢰를 받게 마련이다.

대중은 용기가 없다. 대중은 흥분하기만 한다. 오합지졸이다. 용기라든가 신념, 자긍심은 개인에게서만 나온다. 특히 한국인은 아주 잘 조직된 조직체이기 때문에 자기는 단체의 신조나 자랑을 가지고 있다고 느끼다가도 뱃지를 떼고 혼자가 되면 무력감을 느끼는 사람이 적지 않다. 용기조차도 집단에 속하는 것으로 생각한다. 그래서 어떤 사정이 있어서 회사를 그만두거나 정년이 되어 일하던 회사를 떠나면 힘이 없고 알맹이가 빠진 사람처럼 되어버린다. 주체성의 부재인 것이다.

그러나 이러한 사람들은 원래 조직에 섞여 있을 때부터 주체성의 부재였던 것이다. 그들의 용기나 자긍심은 빌어서 가지고 있던 것에 지나지 않는다.

결국, 아름다움이 무엇인가?는 자기가 정할 수밖에 없다. 자긍심이나 명예는 자기 자신에게 물어야 하는 것이며, 남의 눈치로 정해지는 것이 아니다. 절대로 움직일 수 없는 것, 자기의 줏대라는 것을 어딘가에 가지고 있는 사람만이 인간으로서의 존귀함의 증거가 된다는 것이다.

인간의 존귀함과 가치는
무엇인가?

인간은 무엇에 의해서 인간이 되는가? 물론 우리 인간은 개구리보다는 원숭이를 닮았다. 그리고 인간은 동물로부터 진화한 것이라고 한다. 인간은 동물이고 언제나 계속 동물일 것이다.

그러나 이것으로 인간의 모든 것을 설명할 수 있을까? 그러므로 다시 한번 독자와 함께 도대체 인간이란 무엇인가?하는 문제를 생각해 보고 싶다. 때로는 이러한 것을 생각하는 것도 도움이 된다.

의학적으로 보면 인간은 여러 부분으로 이루어져 있다. 인간은 머리, 몸체, 사지와 같은 부분으로 이루어져 있다. 하지만 이러한 견해는 인간을 설명하는 데 충분한 것이 못된다. 그렇다면 동물과 하나도 다를 것이 없다. 한편 인간은 신의 형상대로 만들어졌다는 견해가 있다. 이것은 성경에 씌어 있는 생각이다.

그러면 또 그 밖의 예를 들어보자.

브리태니커 백과사전에서는 인간을 이렇게 정의하고 있다.

"인간은 될수록 안락함을 구하고 될수록 수고하지 않으려는 동물이다."

이것도 일련의 진리를 얘기하는 말일지도 모른다. 그러나 인간이란 반드시 그러한 존재인 것만은 아니다.

나치가 출현하기 전에 독일에도 이런 말이 있었다. 이보다 더 인간을 '물질'로 생각하는 비인간적인 생각도 없으리라.

"인간의 몸은 비누 7장 만드는 데 충분한 지방을 가지고 있다. 또 못 한 개를 만들 만한 철분을 가지고 있다. 또 인간의 몸에는 2천 개비의 성냥을 만들 만한 인(燐)을 가지고 있다. 또 온 몸의 털 부분에는, 바르면 벼룩을 죽일 만한 유황을 가지고 있다……."

나치는 유대인을 강제수용소에 가두어놓고 대량으로 살상하고는 인체에서 실제로 비누나 성냥을 만들어냈다.

이처럼 인간에 대해서는 여러 가지 설명이 가능하다. 의학적인 사실이나 혹은 인간의 행동양식을 척도로 삼아 설명할 수도 있다. 그러나 이것만으로는 인간의 존귀함을 설명할 수 없다. 과학만 가지고는 인간을 잴 수가 없는 것이다.

인간과 동물은 닮았으나 또 다르기도 하다. 인간은 땅 위에서 하나님을 닮은 유일한 생물이다. 그러나 역시 하나의 생물체에 불과하다. 그러므로 자기를 물질적인 척도만으로 잴 수 없는 것처럼 세계를 물질적인 척도만으로 평가할 수도 없다.

인생은
바이올린의 현과도 같다

남에게 신세진 일을 잊어버리는 사람은 최악의 성격을 가진 사람이다. 지금까지 당신의 인생을 잠깐 돌이켜 생각해보기 보란다. 이제까지 누구에게 도움을 받은 일은 없는가?

부모는 당신을 도와주지 않았는가? 부모는 당신이 어렸을 때부터 당신을 생각하고 당신을 길러왔다.

교사에게서 도움을 받지 않았는가? 교사의 입장에서 당신을 지켜보았고 당신이 향상하는 것을 도와주었을 것이다.

당신은 고용주에게서 도움을 받지 않았는가? 그는 당신이 가지고 있는 재능에서 뻗어나갈 수 있는 것을 끌어내려고 힘써준 것은 아닌가? 당신은 친구로부터 도움을 받지 않았는가? 또는 모르는 사람으로부터 도움을 받은 적은 없는가?

그러므로 무엇이든 자기 혼자 다 해왔다고 생각하는 것은 잘못이다.

고통이나 인내는 인생에 필요한 요소들이다.

유대민족은 뛰어난 음악가를 많이 낳았다. 바이올리니스트만 해도 오이스트라흐, 메뉴힌…… 등의 이름이 우선 떠오를 것이다. 바이올린의 현은 바이올린에 매지 않고 그저 거기에 놓여 있는 것만으로는 아무 소용이 없다. 메뉴힌이라 해도 매어 있지 않은 줄로는 소리를 낼 수 없다. 그러나 이 줄은 많은 가능성을 가지고 있다. 사람에 따라서 거기에서 눈부신 음색이 나온다. 현을 바이올린에 매어 꽉 조이면 켤 준비가 된다. 끊어질 것 같은 그 팽팽한 줄을 켜는 것이다. 바이올린 현의 비유는 유대인들 간에 자주 쓰인다. 인간은 팽팽하게 잡아당겨 괴로워함으로써 비로소 아름다운 소리를 낼 수 있다는 것이다.

따라서 고통이나 인내도 때로는 필요한 것이다. 괴로움 속에서 우리는 자기 속에 간직하고 있는 아름다운 소리를 낼 수 있다. 참다운 아름다움과 기쁨은 참다운 괴로움이나 추악함을 아는 사람일수록 더 잘 맛볼 수 있다.

자기가 할 수 있는 한까지 최선을 다하지 않거나 사람은 마치 팽팽하게 매어지지 않은 줄처럼 자기 속에 있는 감정을 신에 의해서도 끌어낼 수 없는 것이다.

탈무드에서는 다음과 같이 말하고 있다.

• 희망의 불을 계속 들고 있으면 어둠에도 견디어 낼 수 있다.

횃불을
높이 들어라!

고대의 유대왕국에 침략군이 쳐들어왔을 때 왕과 재상은 절망에 빠졌다.

이 싸움은 누가 보아도 침략자가 승리할 것이 뻔하여 너무도 난처한 상황에 빠지고 말았다. 이에 왕은 이웃나라에 구원을 청하려 하였다. 그리하여 재상에게 공문서를 작성하라고 명하였다. 그러나 군사력으로 보아 침략자는 너무나 강력했다. '이런 때 누가 원조해 주려고 할 것이냐?' 싶은 생각이 들자 재상은 펜이 선뜻 내키지 않게 되었다.

재상은 왕국이 위기에 처해 있으므로 힘을 다하여 편지를 쓰려고 하였으나 한 장 써서는 구겨버리고, 또 한 장 써서는 구겨버렸다.

그러는 동안에 해가 서산으로 기울었다. 하인이 불을 켜서 가지고 왔다.

재상이 다음 말을 생각하는 동안에 더욱 어두워졌다. 하인은 촛불을 더 가깝게 들이댔다. 그러는 동안에 밤이 되었다. 그러자 더욱더 어둠이 짙어졌다.

"횃불을 높이 들어라!"하고 재상은 말했다. 그리고 자기도 모르게 그 말을 편지에 써넣었다. 그런데 이 한 마디가 이웃나라의 재상의 마음을 움직였던 것이다.

4장

일상에서 배우는
중용의 지혜와 덕

유대인은 식욕, 성, 음주, 금전 따위에 관하여 언제나 중용을 유지하려고 한다. 그 만큼 유대인들은 하브루타식 인성교육을 바탕으로 자기 자신에 대하여 철저하면서도 남에게는 배려와 너그러움을 견지한다.

유대인은 생각하고, 인정하고, 긍정하고, 마지막으로 행동으로 실천함을 중요하게 여긴다. 사업 성공, 부의 축적, 교육은 '생각의 축적'으로부터 비롯되었다. 지혜 없이 지식만 지닌 사람은 많은 책을 등에 실은 당나귀와 같다.

"과한 것이 불급한 것보다 더 나을 것은 없다."

용기는 비겁과 만용의 중용이며, 너그러움은 낭비와 인색의 중용이며, 금지는 허영과 비굴의 중용이며, 기지는 익살과 아둔의 중용이며, 겸손은 수줍음과 몰염치의 중용이다.

– 도올 김용옥의 '중용 인간의 맛'에서

돈이나 섹스는
더러운 것이 아니다

유대인은 결코 금욕적인 사람들이 아니다. 그것은 앞에서도 말했던 바와 같다. 유대인에게는 청빈이라는 개념이 없다.

그러나 젊을 때는 오히려 가난한 것이 좋다고 일반적으로 생각하고 있다. 물론 가난한 젊은이가 나중에 성공하면 그것은 좋은 일이다. 그러나 성공하지 못하면 비참하다고 하지 않을 수 없다. 어쨌든 젊을 때의 가난은 성공의 실마리를 주는 절호의 환경이다. 가난에서 벗어나고 싶은 충동만큼 강한 것도 없다. 젊어서 가난하다는 것은 감사해야 할 일이다.

그러나 중년이 되어서도 가난한 것은 불행한 일이다. 젊음은 원인이고 중년은 결과이다.

유대인은 돈과 섹스를 더러운 것으로 생각하지 않는다. 그것들은 인생에 도움이 되는 것이라고 생각한다. 그리고 가난을 악이라거나 부끄러운 것이라고는 보지 않으나 불편한 것이라고 생각한다.

돈과 섹스에는 공통점이 있다. 그것이 없으면 사람은 그것만 생각하게 된다. 그것이 있어야만 비로소 다른 일을 즐길 여유가 생긴다. 그러므로 궁색한 것을 좋아하지 않는다.

어쨌든 가난은 인간의 행복에 있어서 큰 적이 아닐 수 없다. 가난하면서도 정신적으로 독립한다는 것은 극히 어려운 일이다.

성경에도 "지혜는 힘보다 낫다! 그러나 가난한 자의 지혜는 멸시를 받고 그의 말은 사람들이 귀담아 듣지 않는다."(전도서 9:16)고 씌어 있다. 성경 시대부터 인간의 사회는 지금과 다를 것이 없었던 것이다.

그런데 그 당시 유대인 사회에도 거지가 있었다. 이렇게 말하면 놀라겠지만 어쨌든 동유럽에는 마을이나 읍마다 한두 명씩이나 한 무리의 거지가 반드시 있었다. 그들은 '슈노렐'이라고 불렸는데, 집집마다 찾아다니며 구걸하는 일은 없었다. 거지도 하나의 직업이며 신의 허가를 받은 존재였다. 그들은 사람들의 선행(자비)의 대상이 되어주었던 것이다.

슈노렐 중에는 대단한 독서가가 많았고 탈무드에 정통한 자도 적지 않았다. 시너고그(유대교에서 예배하는 장소)의 단골 참석자이기도

하고 유대교 모임의 한 사람으로서 토라와 탈무드의 토론에도 참여했다.

이런 사정 때문이었는지 탈무드에는 가난한 자를 변호하는 취지의 격언도 볼 수 있다.

• 가난하다고 사람을 업신여기지 말라. 그들의 셔츠 속에는 영혼의 진주가 숨겨져 있다.

공물을 바치는 유대인(구약성서)

유대교는
삶의 기쁨을 추구한다

고대 유대 사회에는 모든 세속에서 벗어나 은둔자 같은 생활을 하는 사람이 있었다. 그들은 종교적인 수도자(修道者)였다. 하나님께 헌신하는 생활을 하고 늘 기도하며 살았다. 이러한 사람들은 '나실인(Nazirite)'이라고 불렀다. 그들은 술과 여자를 멀리하였다. 그들은 사막에서 1년, 또는 어떤 이는 10년도 살았다. 그러나 나실인은 다시 사회로 돌아올 때는 신에게 죄에 대하여 용서를 구해야 했다. 왜냐하면 삶의 쾌락을 부정하는 것도 유대교에 있어서는 일종의 죄이기 때문이다. 오늘날도 그러한 자는 신에게 용서를 구해야 하는 것이다.

돈, 술, 노래, 섹스…… 이와 같은 즐거움도 인생에는 필요하다.

살다가 더러는 실컷 즐기는 일도 있어야 한다. 때로는 술에 취해서 떠드는 것도 잠시나마 위안을 주기도 한다. 큰소리로 노래 부르고 싸우는 일도 더러는 있음직하다. 그러나 그렇게 하는 것도 어디까지나 정상적인 생활을 유지하는 데 도움이 되는 것이어야 한다.

인생의 톱니바퀴가 잠깐 빠져 헛도는 것을 무서워할 필요는 없다. 일생 동안 그것이 잘못 돌아가는 것을 무서워해야 한다.

사해처럼 베풀 줄
모르면 안 된다

사람은 뭐든지 전부 자기 것으로 만들려고 해서는 안 된다. 사람들은 누구나 나누어 주는 사람 곁에 모이려고 한다. 인간에게 있어서 남에게 나누어 준다는 것은 중요한 일이다. 우리는 그러한 교훈을 갈릴리 호(湖)와 사해(死海)에서 얻을 수 있다.

이스라엘에는 두 개의 호수가 있다. 하나는 갈릴리 호이고 또 하나는 사해이다.

사해는 해발보다 400미터나 낮다. 사방은 온통 사막이다. 바다 건너에는 요르단의 땅이 펼쳐져 있다. 사해의 물은 소금기가 많아서 사람이 물속에 들어가도 가라앉지 않는다. 물의 비중이 너무나 높아 부력이 크기 때문이다. 사해에는 물고기가 아무것도 살지 못한다. 한편 갈릴리 호는 민물이고 물고기가 많이 살고 있다. 예수가 물고기를 잡은 곳으로 유명하며, 오늘날에는 성 베드로의 물고기라는, 볼품없이 생겼지만 맛좋은 고기가 잡혀서 명물이 되고 있다. 그래서 물가에는 레스토랑들이 죽 늘어서 있다. 바닷가에는 많은 나무들이 물위로 가지를 뻗고 있으며 새가 날아와서 지저귀고 있다. 생기 있고 아름다운 세계이다.

이 갈릴리 호에 비해 사해에는 생물이 전혀 살지 않는다. 둘레에는 나무도 없고 새가 노래 부르지도 않는다. 사해 위에 떠도는 공기까지도 묵직해 보인다. 그리고 사막에 사는 동물들이 사해로 물을 마시러 오는 일도 없다. 그러므로 옛 사람들이 '사해'라고 이름을 붙였던 것이다.

갈릴리 호는 요르단 강에서 물을 받아들이고 있다. 그러나 사해처럼 그저 받아들이기만 하는 것이 아니다. 갈릴리 호에서는 다시 요르단 강이 흘러갔다가 사해로 흘러 들어가는 것이다. 그러나 사해에는 물이 흘러나가지 않는다. 받아들인 것을 모두 자기 것으로 만들어버린다.

그래서 유대의 현인들은 갈릴리 호는 받아들이는 만큼 다른 사람에게 주기 때문에 언제든지 생생하고, 사해는 받아들인 모든 것을 자기 것으로 만들어버리기 때문에 생물이 살지도 않고 가까이 오지도 않는다고 생각하였다.

사해는 자기에게 들어오는 물을 모조리 자기 것으로 만들어버린다. 사해는 남에게 주는 일을 하지 않는다. 그래서 죽어 있는 상태인 것이다.

우리는 인생에서도 이러한 사람들을 자주 만나게 된다. 물은 흐르지 않으면 물고기도 살지 못하고 동물들이 물을 마시러 오지도 않는다. 물질적 풍요를 누리게 되었다면 기부라는 형태로 남에게 베풀 줄도 알아야 따르는 사람들이 늘어날 것이다. 우리나라 부자들도 사해가 아닌 갈릴리 호수처럼 받아들이고 베푸는 모습을 보이면 좋겠다.

사흘에 한 번 마시는 술은
보약이다

이미지와는 달리 유대인은 금욕적인 사람이 아니다. 술은 마셔도 괜찮은 것이라고 생각한다. 그것은 우리나라나 마찬가지이다. 탈무드에는 "아침술은 돌, 낮술은 구리, 사흘에 한 번 마시는 밤술은 금이다."이라고 씌어 있다. 그러나 유대인이 술에 만취하는 일은 드물다.

유대인은 정신을 잃고 곤드레가 되는 일이 좀처럼 없다. 유대 문학 속에서도 그러한 인물은 거의 나오지 않는다. 그러나 술은 또 유대인하고 끊을래야 끊을 수 없는 관계에 있다.

아이들은 어려서부터 포도주 맛을 알게 된다. 안식일에 술은 빠질 수 없는 즐거움이다.

성경에도 술에 관한 이야기가 여러 번 나오고 성경의 비유에도 자주 술이 등장한다. 술은 즐거운 일이나 풍요를 나타내는 데 쓰인다.

탈무드에는 술을 적당하게 마시면 "두뇌의 활동을 좋게 한다."고 가르친다. 그러나 지나치게 마시면 지혜를 잃는다고 경계하고 있다. 랍비는 오랫동안 술은 인간에게 매우 좋은 약이고 술이 있는 곳에는 약이 적어도 된다고 말하고 있다.

랍비 이즈라엘은 "술은 마음을 열어주고 사람을 다정하게 만든다."고 말했다.

그러나 현인들은 술의 즐거움을 예찬함과 동시에 지나친 음주를 경계하여 왔다.

다른 민족의 많은 사람들이 밤이 되면 술에 취하여 정신을 잃는데 반해, 대부분의 유대인들은 적당하게 마시면서 책을 읽고 즐거운 음악에 귀를 기울인다.

탈무드에는 "사람이 죽어서 하나님 앞에 불려 갈 때, 하나님이 모처럼 허락하신 여러 가지 즐거움을 거부한 자를 하나님은 싫어하신다."고 한다. 다시 말하면 현세에서 지나치게 금욕을 주장하는 자는 모처럼 하나님이 인간에게 내린 여러 가지 즐거움을 무시했기 때문에 내세에 가서 벌을 받는다고 랍비들은 약간 일방적인 생각을 하고 있다. 그러나 이것은 유대인이 인생을 즐겨야 한다는 태도를 보여준다고 보면 된다. 그리고 즐거움이든 일이든 적당한 정도가 바람직하며 도가 지나치면 안 된다고 생각한다.

유대교를 다른 종교와 비유하는 조크를 하나 소개하려고 한다. 어느 날 가톨릭의 신부와 프로테스탄트의 목사와 유대교의 랍비 세 사람이 함께 식사를 하고 있었다. 세 사람 앞에는 맛있게 구운 커다란 생선이 날라져 왔다. 셋은 저마다의 말로 식사 전의 기도를 올렸다.

먼저 가톨릭의 신부가 "로마 교황은 교회의 우두머리이므로 내가 머리 부분을 먹어야겠소."하고는 생선을 반으로 잘라 머리 쪽 부분을 자기의 접시로 가져갔다.

다음에는 프로테스탄트의 목사가 "나는 마지막 날의 진리를 갖고 있소. 그러므로 꼬리 부분을 먹겠소."하고는 꼬리 쪽의 남은 반을 자기 접시로 가져가 버렸다.

랍비에게는 소스와 야채가 조금 남겨졌을 뿐이다. 하지만 랍비는 태연한 얼굴로 말했다.

"유대교는 양 극단을 싫어하거든요." 그리고 야채와 소스를 자기 접시로 가져갔다.

이 이야기는 유대인의 처세술이 극단적인 것을 피하고 중용을 중요시한다는 것을 말해준다. 무엇이든 적당히 할 일이다. 가끔은 좀 미친 듯이 즐기는 것도 좋으나 균형 감각은 언제나 유지하고 있어야 한다.

금욕적인 것을 추구하는 사람들은 술을 비롯하여 모든 즐거움을 해로운 것으로 생각한다.

만일 인간이 강하기만 한 존재라면 아무리 무리한 요구를 해도 괜찮으리라. 그러나 사람은 누구나 약한 면을 가지고 있다. 그렇기 때문에 강한 면도 갖고 있다고 생각해야 한다. 적당하게 연약한 면을 나타내는 것은 자연스런 일이라 하겠다.

그렇다고 해서 약한 것을 장려하는 것이 아니다. 그러나 어느 정도까지는 허영, 탐욕, 나태와 같은 것은 용서되어야 한다. 잔뜩 긴장만 하고 있어서는 오래 지탱하지 못한다. 그래서 약한 것을 꺼리고 배격하기보다 어디까지 약한 면을 허용해도 좋은지를 문제 삼는 것이 차라리 현실적이다. 다소의 취약한 점을 갖는 것은 건전한 일이기도 하다.

유대인은 시간을
생명과도 같이 여긴다

필자가 뉴욕에서 고등학교를 다닐 때, 교사였던 랍비의 시계 뒷면에는 "시간을 아껴라."라는 경구가 새겨져 있었다. 어느 날 선생은 시계를 풀어서 우리에게 그 경구를 보여줬다. 그러나 그것은 너무나 진부한 말이 아닌가!하고 학생들은 생각했었다.

우리가 그다지 감동한 것 같지 않았으므로 랍비는 다시 시계를 차고는 말했다.

"미국에는 Time is money.(시간은 돈이다.)라는 말이 있지만 이것은 틀린 말이라고 생각한다. 왜냐하면 시간과 돈은 조금도 유사하지 않기 때문이다. 돈은 모아 둘 수 있지만 시간은 모아 둘 수가 없다. 한번 잃어버린 시간은 다시는 되찾을 수가 없는 것이다. 다른 사람으로부터 빌릴 수도 없다. 그러니 시간은 돈이라고 비유할 수가 없다. 그리고 시간은 돈보다 훨씬 중요한 것이다. 그러니 누가 시간은 돈이라고 한다면 그 사람은 자기의 시간을 어떻게 쓰면 좋을지 모르는 사람이거나, 돈을 어떻게 쓰면 좋을지 모르는 사람이다. 혹은 시간이나 돈에 관해서 잘 모르는 사람이다. 게다가 사람마다 수명이 다르니, 인생이라는 은행에는 자기의 시간이 얼마나 남아있는지 알아볼 수도 없다. 그러니 Time is money.라는 것은 잘못된 말이고, Time is life.(시간은 생명이다.)라고 말해야 옳다." 고 랍비가 말했다.

그때 우리는 모두 감동하였다. 탈무드에는 인간을 재는 데 네 개의 척도가 있다고 씌어 있다. 그것은 돈, 술, 여자, 시간에 대한 태도라는 것이다. 그런데 이 네 가지 것에는 공통점이 있다. 매력 있는 것이지만 정도가 지나쳐서는 안 된다는 것이다.

그리고 이 랍비는 우리가 졸업하기 직전에 이런 말씀도 해주었다.

"소년은 부모가 생각하기보다 3년 일찍 어른이 된다. 그리고 자기가 어른이 되었다고 생각하기보다 2년 나중에 어른이 된다. 여러분도 그렇다."

이것은 의미심장한 말이다. 랍비는 탈무드에 있는 말이라고 말했다. 그리고 "인생을 사는데 있어서 돈, 술, 여자, 시간은 도가 지나쳐서는 안 된다. 처음 세 가지는 누구나 그것을 알고 있지만 시간에 대해서는 별로 주의하는 것 같지 않다. 자칫 쓸데없는 일이나 호기심에 시간을 너무 많이 써버린다."하는 말도 해주었다.

"너희가 커서 어른이 되면 내가 너희에게 지금 한 말을 다시 기억해 주기 바란다."라고도 말했다.

그런 뒤에 그는 이런 이야기도 해주었다. 어느 날 두 남자가 악한에 쫓겨 깊은 골짜기가 내려다보이는 절벽까지 뛰어왔다. 거기서 절벽 사이를 건너는 데는 밧줄이 한 가닥 매달려 있을 뿐이었다. 그래서 두 사람은 이 밧줄을 잡고 건너기로 하였다. 먼저 한 남자가 곡예사처럼 줄을 타고 재빠르게 건넜다. 다음 남자가 아래를 내려다보니 깊은 골짜기였다. 그는 두 손을 입에 대고 이렇게 소리쳤다.

"넌 어떻게 그렇게 능숙하게 건너간 거냐? 무슨 요령이라도 있는 거냐?"

먼저 건너간 남자가 대답했다.

"이런 줄을 타고 건너기는 나도 처음이다. 그래서 잘 모르지만 오른쪽으로 기울어지게 되면 왼쪽으로 힘을 주고 하면서 균형을 잡으며 건너왔다."

이것은 인생을 줄타기에 비유하여 한 이야기일 것이다. 인생만큼 균형을 잡으면서 살아야 하는 것도 없다. 아마 유대인의 처세술의 핵심은 균형을 잡는 데 있으리라. 무슨 일이고 지나치지 않도록 알

맞게 해야 하는 것이다.

유대인은 돈, 술, 여자와 같은 것을 기독교인처럼 죄악시하지 않는다. 그보다는 앞에서도 말한 것처럼 신이 준 쾌락을 즐기지 않는 것이 죄가 된다고 생각한다. 물론 지나치게 탐닉하는 것은 죄가 된다고 생각한다.

감정은 시간의 시련을
견디지 못한다

정열에는 두 종류가 있다. 감정이 부채질하는 정열과 이성에 의해서 뒷받침되는 정열이다.

감정이 부채질하는 정열은 위험하다. 감정은 흥분하는 일은 있어도 오래 가지 않는다. 그러나 이성은 일생을 지배할 수도 있다.

정열에는 이성에 의해서 뒷받침되는 것이 있다. 가령, 프로이트가 심리학을 연구한 그 정열, 혹은 아인슈타인이 상대성원리를 연구한 그 정열은 이성에 의해서 뒷받침되고 있다. 이성에 뒷받침되는 정열에 의해서만이 우리는 고난에 도전할 수 있고 마침내는 위대한 금자탑을 세울 수 있다. 유대인의 전통에서는 정열에 몸을 불사르고 일생을 망치는 일에 대해서 강하게 경계하고 있다. 감정이 부채질하는 이와 같은 정열은 경계해야 한다.

이러한 정열은 인생의 톱니바퀴를 어긋나 버리게 한다. 연애도 그렇다. 가령 유대인은 좀처럼 열렬한 연애를 하는 일이 없다. 물론 인간이니까 사랑은 한다. 그러나 보통 사랑은 가정을 이루기 위한 것이라고 생각하고 있다.

필자가 이 책에서 자주 말하고 있는 것처럼 유대인은 극단을 피하고 중용을 존중한다. 과격한 일을 싫어한다. 이것이 바로 유대인 처세술의 핵심이요, 요체이다. 그렇다고 해서 자기 감정을 무시하고 있는 것은 아니다.

탈무드에는 "마음이 가득 차면 눈으로 넘쳐흐른다."는 아름다운 표현이 있다. 눈물이 되어 흘러나온다는 것이다. 그러므로 물론 감정의 존재를 긍정하고 있는 것이다. "웃음은 바람의 힘, 눈물은 물의 힘"이라는 말은 아이들이 울 때 유대인 부모가 놀리는 말이지만 재미있는 말이 아닌가!

그러나 시간의 시련을 거치면서 가치를 잃어버리는 것은 정말 귀한 것이 못된다. 감정은 시간의 시련에 견디지 못하기 때문이다.

유대인은 동정(同情)을 라하밈(rahamim)이라고 한다. 이 말을 들으면 여성해방을 외치는 페미니스트들은 매우 기뻐할지도 모른다. 어원상 '라하밈'이란 어머니의 자궁이니까.

유대인이 생각할 때, 어머니가 아이를 잉태하였을 때 남녀의 구별 없이 사랑을 느끼기 때문에 동정을 '라하밈'이라고 했다고 한다. '라하밈'이라는 말뿐 아니라 모든 어원을 캐보면 깊은 의미가 있어서 더듬어 가면 매우 흥미진진하다.

성경에 의하면 신은 이 세상을 정의만이 지배하는 곳으로 만들고 싶다고 생각하였으나 결국 그렇지 못했다. 할 수 없이 사람이 견뎌낼 수 있도록 '동정'을 주었다는 것이다.

과도한 향락은
파멸을 초래한다

어떤 여객선이 바다를 항해하는 데 뜻하지 않게 폭풍
우를 만나 항로를 벗어나 버렸다. 강한 비바람이 불어대고 며칠
동안이나 하염없이 바다를 표류했다. 이윽고 낯선 섬에 닿았다. 그
러자 바람이 잔잔해지고 배가 움직이지 않게 되었다. 섬에는 무성
하게 나무가 우거지고 맛있는 갖가지 과일이 열리고 예쁜 꽃들이
흐드러지게 피어 있었다. 배를 탄 승객들은 다섯 그룹으로 나뉘어
졌다.

첫째 그룹은 "우리는 배에서 떠나지 말자. 언제 좋은 바람이 불
지 모른다. 바람만 불면 바로 닻을 올리고 배는 떠난다. 그때 우리
가 섬에 남겨지면 신세가 어떻게 되겠는가! 그러니 만일을 위해서

배에서 떠나지 말자."하면서 배에 남아 있었다.

그러나 오랫동안 거친 바다 위를 떠돌았기 때문에 사람들은 지치고 따분했다. 그래도 바람을 기다리며 그들은 배에 남아 있었다.

둘째 그룹은 잠깐만 섬에 올라가 보자고 했다. 그들은 상륙하자 꽃을 꺾고 맛있는 과일을 따먹고 적당한 시간을 즐기다가 배로 돌아왔다.

셋째 그룹은 배에서 내리자 섬에서 충분히 즐겼다. 그리고 시간이 지나는 것을 잊었다. 그러나 배가 닻을 올리는 것을 보자 허둥지둥 돌아왔다. 그래서 그들이 차지하고 있던 편안한 자리를 잃고 비좁은 구석 쪽에 앉아야 했다.

넷째 그룹은 섬에 들어가 너무나 즐기다가 출발을 알리는 종소리를 듣지 못했다. 그 소리를 들었어도 닻을 올리기까지는 아직 시간이 있다고 하면서 마지막까지 섬에서 즐기자고 하였다. 그러다가 배가 거의 움직이기 시작하자 당황하여 나무 덤불 사이를 허둥지둥 달려 돌아왔다. 그 바람에 여기저기 긁혀서 상처를 입고 혹은 넘어져서 다치기도 하였다. 그들은 항해가 끝날 때까지 상처가 아물지 않았다.

다섯째 그룹은 섬의 즐거움에 완전히 마음을 빼앗겨 버리고 배가 떠나는 것을 모른 채 섬에 남겨지게 되었다. 그러는 동안에 맹수에게 잡아먹히고 혹은 알 수 없는 병에 걸려 쓰러졌다.

이 이야기 속에서 배는 우리의 바른 생활을 상징하고 있다. 배는 목적지가 있다. 섬은 쾌락을 상징한다.

랍비들은 첫째 그룹은 잘못이라고 생각한다. 항해는 괴로운 것으로 인식되므로 이런 즐거운 섬이 보이면 한동안 가서 즐겨야 한다는 것이다. 그러므로 둘째 그룹이 가장 옳다고 생각한다. 왜냐하면 적당하게 섬을 즐겼기 때문이다. 셋째, 넷째, 다섯째 그룹으로 나갈수록 그들은 쾌락에 점점 깊이 빠져버렸다. 특히 다섯째 그룹은 자기의 장래에 대해서 완전히 잊어버렸기 때문에 망했던 것이다.

어떤 경우에는
잡초나 녹스는 것도 도움이 된다

어떠한 것도 도움이 된다. 어느 날 한 농부가 마당의 잡초를 뽑고 있었다. 허리를 구부리고 있는 그의 이마에서 땀이 흘러내렸다.

"이 얄미운 잡초만 없다면 마당은 깨끗할 텐데 어째서 하나님은 이런 잡초를 만드셨는지 모르겠군!"하고 그는 혼자 투덜거렸다.

그러자 이미 뽑혀 마당 구석에 몸을 누이고 있던 잡초가 농부에게 이렇게 말했다.

"당신은 우리를 얄미운 존재라고 말했소. 그러나 한 마디 말하지 않을 수 없군요. 당신은 모르고 있지만 우리도 도움이 되고 있소. 우리는 뿌리를 흙 속에 뻗음으로써 흙을 부드럽게 만들고 있소.

그래서 우리를 뽑은 뒤에 땅을 잘 갈 수가 있는 거요. 우리는 또 비가 올 때 흙이 떠내려가는 것을 막고 있소. 또 가뭄이 들 때에는 바람이 흙먼지를 일구는 것도 막고 있소. 그러므로 우리는 당신의 마당을 지켜주고 있는 거요. 만일 우리가 없다면 당신이 꽃을 기르려고 해도 비에 흙이 씻겨 가버리고 바람이 흙을 날려버리기 때문에 꽃을 기를 수 없을 거요. 그러니 꽃이 곱게 필 때 우리를 생각해 주면 좋겠소."

농부는 이 말을 듣고 자세를 바로잡고 이마의 땀을 닦았다. 그리고 미소를 지었다. 그는 그 후로 잡초를 미워하는 일이 없게 되었다.

어떤 이는 쇠를 부식시키는 녹은 쓸모없는 것이라고 할지 모른다. 그러나 그렇지 않다. 신의 창조 행위는 날마다 진행되어 간다. 사람도 이 창조의 행위에 참여하고 있다. 자연의 법칙에 의하면 우리는 날마다 다시 태어나고 있다. 또 지식에서 유행에 이르기까지 우리 주위의 사물은 날마다 바뀌어가고 있다. 그러므로 세계는 창조의 행위가 시시각각으로 진행되고 있는 것이다. 이러한 창조적인 역할에는 녹도 한 몫을 하고 있는 것이다.

먼저 창조하기 위해서는 낡은 것을 소멸시켜야 한다. 새로운 것이 태어나는 창조의 그늘에서 낡은 것은 쓰러져 없어져 가는 제물인 셈이다.

녹은 낡은 것을 없애고 새로운 것이 태어날 준비를 담당하고 있다. 만일 낡은 것을 없앨 수가 없다면 세계는 쓸데없는 잡동사니로 꽉 차게 될 것이다. 사람에게서도 녹과 마찬가지의 현상을 볼 수 있다. 가령, 기억이 희미해지면서 망각 속으로 사라지는 것도 그와 같은 일이라고 할 수 있다.

우리는 오래 전에 있었던 일을 잊어버리기 때문에 과거의 기억을 짊어지고 다니지 않아도 된다. 그리하여 우리는 새로운 문제에 대해서 분명하게 생각할 수가 있는 것이다.

나이를 먹으면 이빨과 기억력이 나빠진다고 하지만, 하나님은 나이 먹은 사람에게 편안함을 주기 위해서 기억을 약하게 하고 노인의 입에는 부드러운 음식만 들어가도록 치아를 약하게 만들었음에 틀림없다.

사람이 가장 좋아하는 것은 감사함을 주고 받는 일이다. 무슨 일이 있을 때나 감사하는 습관을 갖는 것은 인생에 있어서 매우 중요한 일이다.

모든 일에는 좋은 면과 좋지 않은 면이 있다. 마찬가지로 사람에게도 강한 면과 약한 면의 양쪽이 갖추어져 있다. 그리고 흔히 약하다고 생각되는 면에도 도움이 되는 요소가 들어 있는 것이다. 그러므로 무슨 일이든 덮어놓고 쓸모가 없다고 생각할 것이 아니다.

감사하는 마음은 겸허한 태도에서 나온다. 그리고 겸허해지면 겸허해질수록 눈에 보이는 시야가 커진다. 지금까지 상대하지 않았던 사람이나 사물이 눈에 들어오게 된다. 그리고 농부에게 말을 건 잡초처럼 저쪽에서 당신에게 가까이 다가오게 될 것이다.

말하자면 우리는 모두 상인과 같다. 자기 몸을 낮추는 상인은 거만한 장사꾼보다 고객이 많은 법이다.

그렇다고 비굴해질 필요는 없다. 상대방에게 아첨하기 위해서 덮어놓고 허리를 굽실거릴 것이 아니다. 겸허는 자랑이라는 샘에서 솟아나는 물이다. 그러므로 일단 상대가 전혀 도움이 안 된다고 판단되면 잘라내 버려야 한다. 관용의 마음에는 한이 없어도 시간에는 한이 있다. 겸허와 관용을 혼동해서는 안 된다.

실패도 기념해야 하는
대상이다

유대인은 패배한 날이나 굴욕의 날을 기념하는 습관이 있는 매우 특이한 민족이다. 유대인은 흔히 패배의 천재라는 말을 들어왔다. 그게 무슨 말이냐고 하면 유대인은 패배를 기념하는 데서 힘을 얻어낸다고 믿어온 것이다. 다른 민족은 승리의 날만을 기념하고 실패한 날은 잊어버리려고 애쓴다. 그러나 실패는 잊어서는 안 되는 것이다. 왜냐하면 실패는 너무나 귀중한 교훈이기 때문이다. 실패만큼 좋은 교사도 없다.

유대인의 축제일 중에서 가장 중요한 날은 유월절(逾越節)이다. 영어로는 패스오버(Passover)라고 말한다. 지난날 유대인이 이집트에서 4백년이나 노예로 살고 있다가 해방되어 이스라엘 땅으로 돌아온 것을 기념하는 날이다.

온 세계 유대인의 지역 사회에서는 이 날에는 모두 모여서 해방을 축하한다. 유대인은 모세에 이끌려 사막을 넘어 이스라엘 땅까지 돌아왔다. 아주 옛날의 일이다.

오늘날에도 유월절을 기념할 때는 지난날 유대인이 이집트에서 노예로 있었을 때 먹어야 했던 마짜(mazza, 발효시키지 않은 딱딱한 빵)라는 맛없는 빵을 먹곤 한다.

이것은 유대민족이 한번 겪은 굴욕을 글자 그대로 다시 맛본다는 뜻을 가지고 있다. 패스오버의 날은 축하의 날이기도 하다. 그러나 패스오버 때는 이집트에서 노예로 붙잡혀 학대받고 굴욕받던 그 체험을 마치 어제 일처럼 이야기하는 것이다.

패스오버의 만찬은 마치 동양인들이 설날에 정해진 음식을 먹듯이 몇 천 년 동안 계속해서 정해진 음식만을 먹어왔다.

이를테면 이 날 식탁에는 쓴 잎이 나온다. 이런 쓴 잎은 축하의 테이블에는 어울리지 않는 것이다. 이것은 지난날의 패배의 쓴 맛을 맛보기 위한 것이다. 앞서 말한 마짜라는 빵도 그렇다. 그리고 이때 반드시 단단하게 삶은 계란이 나온다. 마지막에는 '아라챠'라는 술을 마신다. 이것은 마지막의 승리를 의미한다.

이러한 음식들에는 모두 상징적인 뜻이 있다. 왜 삶은 달걀을 먹느냐 하면, 다른 음식은 삶으면 삶을수록 연해지는데 달걀은 삶으면 삶을수록 굳어지기 때문이다. 고난을 만나고 패배를 거듭할수록 굳세고 강해진다는 뜻이 담겨 있다. 사람도 그렇게 되어야 한다는 것이다.

사람이 어떻게 행동하면 좋은지를 배우기 위해서는 실제의 행동을 통해서 배울 수밖에 없다. 인생에서는 성공하는 일도 있고 실패하는 일도 있다.

성공한 일만을 기억하고 실패한 일을 잊어버리는 자는 다시 실패하게 된다. 성공은 사람을 방심케 하고 자만심을 갖게 한다. 실패는 사람을 긴장시키고 경계하게 한다. 실패는 좋은 교사이다. 애써 비싸게 배운 것을 잊어서는 안 된다. 사람은 스스로의 경험이나 체험을 통해서 배우기 때문이다.

그래서 실패는 성공보다 귀중하다고 생각된다. 한 번도 실패하지 않은 자는 없다. 진정한 실패는 똑같은 실패를 두 번 되풀이하는 일이다. 한 번 실패한 것은 부끄러워할 것이 못 된다. 그러나 두 번 똑같은 실패를 되풀이하면 부끄럽게 생각해야 한다. 거기에서 실패는 과거 속에 넣어두고 미래라는 공간에서 성공을 불러들여야 한다. 미래에는 실패를 제거해야 한다.

실패의 쓰라린 체험을 기억한다는 것은 매우 중요한 일이다. 우리는 괴로울 때는 지난날의 즐거울 때를 생각하지만 즐거울 때는 괴로웠던 일을 잊기 쉽다. 유대인 사업가 중에는 지난날 사업에서 실패하여 괴로운 꼴을 당했을 때의 징표를 벽에 걸어놓고 있는 사람도 있다.

새로운 것을 배우는 일에는 고통이 따른다. 고통을 다시 생각하는 것도 배움이 된다.

실패를 잊고 싶어 하는 것은 인간의 본성이다. 그러나 실패는 그것이 아팠던 것이면 그럴수록 늘 다시 생각하도록 애써야 한다. 실패에서 큰 교훈을 배울 수 있는 법이다. 미래에 기다리고 있을지도 모르는 실패는 불쾌한 것이지만 과거의 실패는 도움이 되는 것이다.

타협의 조건을
받아들여라

오늘날 전 세계에서 진정으로 자유로운 민주주의 국가는 극소수에 불과하다. 그 중에서도 어떠한 상황에 처해도 절대로 군부 쿠데타가 일어나지 않을 만큼 민주주의가 확고하게 자리잡은 나라는 10여개 국가 정도 밖에 안 된다. 영국, 미국, 네덜란드, 벨기에, 스웨덴, 노르웨이, 덴마크, 스위스, 캐나다, 이스라엘 정도이다.

서독, 프랑스(1950년대의 알제리 위기 때는 군부가 쿠데타를 시도했음), 이탈리아에서는 위기의 상황이 되면 폭력이나 정권교체 같은 사태가 일어날 수 있다고 생각된다. 일본도 유감이지만 첫째 그룹에 낄 수가 없다.

첫째 그룹에 공통된 일이라면 옛 전통을 소중히 한다는 점이다. 영국(런던탑을 지키는 검정·곰가죽 모자를 쓴 근위병 등), 네덜란드, 벨기에, 스웨덴, 노르웨이, 덴마크는 왕실을 존중하고, 스위스, 미국, 캐나다, 이스라엘에서도 역사를 아끼고 오래된 것을 자랑으로 삼고 있다.

민주주의 나라가 남달리 전통을 아끼는 것은 무엇 때문일까? 필자는 일본 와세다 대학에서 강의한 적이 있지만 그때 어떤 학생으로부터 "낡은 것과 민주주의는 서로 상충되는 게 아니냐?'는 질문을 받았다. 민주주의는 새 것이고 나날이 새로워지는 것이니까?" 낡은 전통은 오히려 민주적 진보를 방해할 게 아니냐?'는 것이었다.

그 뒤 필자는 골다 메이어의 자서전 《나의 생애》(1976년 간행)를 읽었다. 이 책에서 골다는 젊었을 적의 일을 이렇게 추억하고 있다.

골다 메이어(1898~1978)라면 이스라엘의 여자 수상으로서 세계적으로 널리 알려져 있다. 그녀는 젊은 시절을 미국에서 보냈는데, 노동운동의 투사였다. 골다는 러시아에서 태어난 유대인 부모와 함께 미국으로 건너갔다. 그녀는 1917년에 밀워키에서 모리스 메이어슨과 결혼했다. 이스라엘로 건너간 뒤 히브리식으로 메이어라고 개명하였다.

"결혼에 앞서 나는 어머니와 긴 논의를 벌여야 했다. 어머니도 나도 감정적이 되어갔다. 왜냐하면 모리스와 나도 결혼은 그저 시청에 서류만 제출하면 그것으로 그만이라고 생각했기 때문이다.

손님을 초대하여 한턱내는 피로연이나 그 밖의 귀찮은 일도 할 필요가 없다고 합리적으로 생각하였다.

모리스와 나는 사회주의자였다. 전통에 대해서 관용하는 마음이 없었다. 그리고 무엇보다도 그러한 것 때문에 구애 받을 이유가 없다고 생각하였다. 그러나 어머니는 만일 시청에 서류를 제출하는 것만으로 끝낸다면 유대인 지역 사회에 얼굴을 들고 다닐 수 없게 되고 집안의 수치가 되기 때문에 더 이상 밀워키에 살 수 없다고 완강하게 고집하였다.

전통적인 의식에 따라서 결혼해 달라는 것이었다. 그렇게 한다고 해서 우리에게 무슨 해가 되느냐고 어머니는 말했다. 그래서 모리스와 나도 타협하였다. 아닌 게 아니라 15분간 '훗파'(유대식 결혼식에서 신부를 위해서 쳐놓은 천막) 아래 서는 것은 아무런 문제도 없었던 것이다.

우리는 양가의 친구들도 초대하였다. 그리고 밀워키의 고명한 랍비이신 션펠드 씨가 식을 주재하였다. 어머니는 돌아가실 때까지 랍비 션펠드가 내 결혼식을 위해서 집에까지 와주셨고, 더구나 어머니가 만든 케이크를 맛있게 드셨다고 그 일을 자랑스레 이야기하곤 하셨다. 나는 그때를 돌이켜보고 그날 어머니가 얼마나 기뻐하셨던가!를 생각하며 시청에 서류만 제출하는 것으로 끝내버리지 않기를 참 잘했다는 생각이 든다."

동양의 여러 나라들도 우리와 마찬가지로 오랜 전통이나 관습을 많이 가지고 있다. 다양한 전통적인 풍습이 많다. 이러한 풍습이나 관습을 지키는 것은 아무 해가 되지 않는 일이다.

그리고 오히려 민주주의를 확고한 것으로 만드는 데 도움이 된다. 민주주의 사회에서는 일원적인 전체주의와 달라 사람들이 저마다 자기 생각대로 주장하는 다양한 가치관이 존재하고 있다. 이러한 민주주의 사회를 안정된 사회로 만드는 것은 전통이라는 공통의 자산이다. 전통을 아낀다고 해서 어떤 손해가 따르는 것은 아니다.

사람들이 전통을 공유하고 아낌으로써 사회가 하나로 통합된다. 공통분모 위에 서서 다양한 가치를 추구할 수 있는 것이다. 그렇기 때문에 정말 민주주의 국가에서는 전통을 각별하게 강조하고 존중하는 것이다.

과거의 유산과 전통을 소중히 하는 나라가 민주주의 국가가 되었다는 것에 주목해 주기 바란다. 유대인은 전통을 매우 소중하게 여기고 아낀다. 그렇게 함으로써 민족성을 존속해 왔다. 그러나 오른쪽 눈으로 전통을 눈 여겨 보면서 왼쪽 눈으로는 전통을 신랄하게 평가해왔던 것이다. 탈무드에는 이렇게 말한다.

• 자기의 머리로 전통의 의미를 생각하지 않는 자는 다른 사람의 손에 이끌린 눈먼 사람과 다를 바가 없다.

5장

사랑에 관한
유대인의 사유

통계 자료에 의하면 유대인들은 자살율과 이혼율이 세계 최저일 정도로 낮다고 한다. 이는 아내와 여성을 소중히 여기는 유대민족의 전통 때문이다. 유대인들은 연애와 결혼에 대해서 비교적 보수적이면서도 신중한 경향을 지니고 있는 듯하다.

그러나 가족에 대한 책임감이나 사랑만큼은 어떤 민족 못지않게 강한 편이다. 특히나 교육이나 자녀교육에 대한 열정은 엄격할 정도로 중요시한다.

욕정은
그리 오래 가지 않는다

유대인은 열렬한 사랑이라는 것을 그다지 찬양하지 않는다. 물론 사람인만큼 당연히 연애는 한다. 요컨대 사랑을 부정하지 않으나 어디까지나 냉정한 눈으로 남녀관계를 보려고 한다.

탈무드는 다음의 세 가지는 남에게 숨길 수 없다고 한다.

"기침, 가난, 사랑… 이 세 가지는 남에게 숨길 수가 없다."

그러나 동시에 "정염(情炎) 때문에 결혼한다고 하더라도 그러한 사랑은 결혼만큼 오래 가지 않는다."라고 경계하고 있다.

사랑은 열렬할수록 그 생명력이 짧다. 그러한 흥분은 오래 가지 않는다고 본다. 이러한 경구도 매우 많고 또 귀중한 격언들이다. 유대인들은 확실히 현실주의자이다. 또한 탈무드에는 다음과 같이 말한다.

- 사랑은 잼이다. 그러나 인생이라는 빵과 함께 먹지 않으면 살
  아갈 수 없다.
- 사랑은 정신을 취하게 만든다.
- 경솔하게 사랑을 하면 중대한 결과를 낳는다.
- 사랑과 증오는 언제나 과장되어 있다.
- 신혼여행은 일주일로 끝난다. 그러나 인생은 일주일로 끝나지
  않는다.

여자가 남자를
지배하면 안 된다

여자에 대해서 말해보자. 유대인은 부계사회를 이루어왔다고 한다. 이것은 틀림없는 말이다. 유대인의 가정에서는 아버지가 가장 많은 권위를 가지고 있다. 그렇다고 여성이 경시되어 온 것은 아니다.

십계에서 남녀는 평등하게 대접받고 있다. 이스라엘인을 이집트로부터 해방한 것은 모세와 그의 누이 미리엄이었고, 고대 유대 독립의 영웅으로 데보라가 있다. 성경의 잠언 속에는 여성이나 어머니가 흔히 찬양되고 있다.

히브리어에서 가장 고귀한 최고의 가치라는 의미로 '라하마라트'라는 말이 있다. 이것은 '어머니의 사랑'이라는 뜻이다.

유대인의 속담에는 "신은 모든 곳에 있을 수 없기 때문에 어머니를 만들었다."라는 말이 있기도 하다.

또 유대인 사회에서는 남자는 독립해서 아내를 맞이할 때까지는 자격을 갖춘 한 인간으로서 인정되지 않는다. 이상적인 남자는 남자의 힘과 여자의 따뜻한 마음을 겸해서 가지고 있는 사람이라고 한다. 탈무드에는 다음과 같은 아름다운 말이 있다.

"당신의 아내는 자신을 사랑하듯 아끼고 지켜라. 여자를 울려서는 안 된다. 하나님은 여자의 눈물 한 방울, 한 방울을 세고 계신다."

여성은 유대인의 전통 속에서 살펴볼 때 매우 소중하게 다뤄지는 존재이다. 가령 매주 금요일의 안식일 만찬 때는 가족이 모두 모여서 식사를 하는데 남편은 다음과 같은 노래를 부르게 되어 있다. 그것은 아내를 찬양하는 노래이다.

"당신은 힘과 따뜻함을 지니고 있네. 당신이 입을 열면 지혜 있는 말이 나오네. 하나님이 당신을 축복하고 당신의 아들을 지켜 주시도록……" 이 노래가 끝난 후에야 아내는 촛불을 켜는 것이다.

또한 탈무드에는 "만일 사내아이와 계집아이 고아가 있으면 먼저 계집아이부터 구원하라. 사내아이 고아는 구걸을 해도 괜찮으나 계집아이에게 그런 일을 시켜서는 안 된다."고 가르치고 있다.

유대인 사회에서는 아내를 때리는 것은 가장 부끄러운 일로 간

주된다. 반면에 유럽이나 중동의 민족들 사이에서는 아내를 때리는 것은 일상의 다반사로 여겨졌다. 가령 중세의 가톨릭 교회법에서는 아내를 때리는 것이 필요하다면 허락되고 있다.

영국에서는 15세기까지 법으로서 아내를 때리는 것이 장려되어 왔고, 19세기에는 아내를 파는 일도 허용되고 있었다. 이것은 토마스 하디의 《캐스터브리지의 시장(市長) The Mayor of Casterbridge》(1886년)을 읽어보면 알 수 있다. 아내를 때린다는 것은 다른 문화에서는 하늘에서 비가 내리는 것처럼 자연스런 일이었다. 그러나 유대인 사회에서는 고대 때부터 아내를 때리는 자에 대해서는 엄격한 벌을 주게 되어 있다. 또 그 때문에 아내가 소송을 걸면 아내는 이혼을 할 수 있었고 남편으로부터 위자료를 받을 수 있었다.

유럽에서는 "유대인은 굶주릴 때 노래를 부른다. 기독교도는 굶주릴 때 아내를 때린다."는 옛 속담이 있다.

이브는 아담이 자고 있는 동안에 하나님이 그 갈비뼈를 하나 뽑아서 만들었다고 한다. 창세기에 그렇게 씌어 있는데 고대의 랍비들은 어째서 남자가 여자를 그리워하고 여자가 남자를 그리워하는지에 대해 다음과 같이 설명하였다. 남자는 자기가 잃어버린 갈비뼈를 되찾고 여자는 자기가 태어난 남자의 가슴에 돌아가려고 한다. 이 힘이 서로 끌어당겨서 남녀가 결합된다고 생각했다.

예전에 미국에서 남편에 의해서 강간당한 아내가 법원에 고소하여 그녀의 고소가 인정된 사건이 있었다. 이런 일은 유대에서는 고대부터 있었다. 즉, 남편은 아내가 마음이 내키지 않을 때는 성관계를 강요할 수가 없는 것이다. 이른바 남편의 강간죄라는 것이 유대의 율법에 존재하고 있었다.

마이모니데스의 윤리학에는 "여자는 남자로부터 그녀의 마음에 거슬리게 강요받지 않는다."고 씌어 있다.

유대인 사회에서는 이혼율이 매우 낮다. 그것은 유대인 남자가 여자를 아끼는 전통에서 비롯된 결과이다.

가령 유대인 남편은 아내를 강간해서는 안 될 뿐 아니라 관계를 맺을 때는 충분히 오랜 시간에 걸쳐 전희(前戲)를 하지 않으면 안 된다. 자기 혼자 절정에 이르는 것이 금지되어 있다.

하지만 유대인의 전통 속에는 남자를 우선시하는 면도 상당히 강하다. 특히 교육의 면에 있어서는 모든 남자는 여섯 살이 되기까지 성경을 읽을 수 있어야 한다. 그러나 여성은 반드시 그렇지 않았다. 그러나 여성이 교육을 받는 것을 금한 것은 아니다.

가령 1475년 로마의 유대인 사회에서는 탈무드 토라(학교)가 여성을 위해서 존재했다. 그러므로 동시대의 다른 나라 여성과 비교하면 교육 수준이 높았다.

2차대전 후 이스라엘은 다른 나라에 앞서 골다 메이어라는 여자

수상이 배출된 것을 생각해보기 바란다. 그러나 동시에 유대인 여성들은 남자들이 공부하는 것을 돕고, 일에 성공하기를 돕고, 육아와 가사에 힘쓰는 것을 중요하게 생각한다.

탈무드에는 이렇게 적혀 있다.

"하나님은 여자를 남자의 머리로 만들지 않았다. 왜냐하면 남자를 지배하면 안 되기 때문이다. 또 하나님은 여자를 남자의 발로 만들지 않았다. 그것은 남자의 노예가 되면 안 되기 때문이다. 왜 여자를 남자의 갈비뼈로 만들었느냐?하면 언제나 남자의 가슴 곁에 있도록 하기 위해서이다."

창세기에서 여자를 남자의 갈비뼈로 만들었다는 이야기는 결코 유대인만 가지고 있는 이야기가 아니다. 같은 이야기는 폴리네시아, 미얀마, 시베리아의 타타르인, 혹은 캘리포니아 주의 인디언들도 공유하는 전설이다.

하긴 어떤 문화인류학자는 남자의 갈비뼈로부터 여자를 만들었다는 전설은 기독교 선교사가 구약성경의 이야기를 퍼뜨리는 동안에 그들의 전설 속에 들어가게 되었다고 주장하고 있다.

그것은 어찌되었든 남자에게 있어서 여자는 영원한 수수께끼다. 남자에게는 여자만큼 다루기 어려운 것도 달리 존재하지 않을 것이다.

유대의 지혜서 미드라쉬에는 다음과 같은 이야기가 실려 있다.

알렉산더 대왕이 여자들만 살고 있는 도시에 갔다. 그리고 이 도시를 빼앗으려고 하였다. 그러자 여자들이 나와서 이렇게 말했다.

"만일 대왕이 우리 모두를 죽이면 세계는 당신을 이렇게 말할 것입니다. '대왕은 여자를 죽였다.' 만일 우리가 당신을 죽인다면 세계는 이렇게 말할 것입니다. '얼마나 못난 대왕이냐? 여자에게 살해되다니.'"

이래 가지고서야 남자가 서 있을 자리가 없다. 그래서 탈무드에는 악처에 대해서 경계하는 말로 다음과 같이 적고 있다.

- 부모로서 가장 운이 나쁜 것은 어리석은 아들을 갖는 일이고, 또 하나의 불운은 악처를 갖는 일이다.
- 비(雨)는 남자를 집안에 가두나 악처는 남자를 집 밖으로 몰아낸다.
- 어떤 남자에게는 악처가 돌과 같은 것이다. 석공이 재료로서 돌을 사랑하듯이 기꺼이 그런 아내를 다루는 자도 있다.

성경에도 이런 말이 있다.

- 바가지 긁는 여자와 같은 집에서 살기보다는 다락방에서 혼자 사는 편이 낫다. (잠언 27:9)
- 어진 여인은 그 지아비의 면류관이 되지만 욕을 끼치는 여인은 그 지아비로 하여금 뼈를 갉아먹는 것과 같게 하느니라. (잠언

12:4)

• 누가 현숙한 여인을 찾겠느냐? 그 값은 진주보다 더하니라. 그런 자의 남편의 마음은 그를 믿나니 하는 일이 핍절치 아니하겠으며, 그런 자는 살아있는 동안에 그 남편에게 선을 행하고 악을 행치 않으리라. (잠언 31:10~12)

• 남편된 자들아 이와 같이 지식을 따라 너희 아내와 동거하고 저는 더 연약한 그릇이요, 또 생명의 은혜를 유업으로 함께 받을 자로 알아 귀히 여기라. 이는 너희 기도가 막히지 아니하게 하려 함이라. (벧전 3:7)

질투에는
천 개의 눈이 달려 있다

 여자는 질투심이 많다. 사랑은 맹목적이라고 하지만 질투야말로 맹목적이다.

그래서 유대인의 속담에는 "질투는 천 개의 눈을 가진다."는 말이 있을 정도이다. 여자의 투기도 다루기 어렵지만 남자의 질투 또한 꼴불견이 아닐 수 없다.

여기서 잠깐 재밌는 이야기를 읽어 보자. 예로부터 유대인에게 전해 내려오는 수수께끼에 이런 것이 있다.

"랍비여, 당신은 모든 것을 알고 계십니다. 그러므로 만일 에덴동산의 아담이 아침에 돌아오면 이브가 어떻게 할지 가르쳐 주십시오."

낙원에는 아담과 이브밖에 살고 있지 않았다. 그 대답은 이렇다. "이브는 아담의 갈비뼈를 세어볼 것이다."

이브는 아담의 갈비뼈로부터 만들어졌으므로 만일 갈비뼈가 하나 부족하면 또 다른 여자가 있다는 이야기가 된다. 하긴 질투에 미친다고 해도 이만큼 합리적이라면 그건 벌써 감탄할 일이다.

"사랑은 눈이 멀었으나 질투는 눈이 먼 것보다 더 나쁘다. 보이지 않는 것까지 본다."라는 속담도 있다.

질투만큼 무서운 것은 없을 것이다. 성경의 잠언에는 "증오는 잔인하고 노여움은 격류와 같다. 그러나 누가 질투에 견뎌낼 수 있으랴."(잠언 27:4)하고 경계하고 있다.

질투는 눈에 보이지 않는 것까지 보았다고 생각하게 한다. 뒤를 이어 망상을 만들어낸다. 성경의 창세기에 사람은 하나님이 금한 금단의 나무 열매를 따 먹음으로써 사람의 불행이 시작되었다고 씌어 있다. 이 금단의 나무 열매는 실은 지식의 나무에 열린 것이라고 한다. 요컨대, 사람은 앎으로써 불행하게 된다는 것을 경계하고 있다.

어설프게 아는 것은 무서운 일이다. 그렇게 안다는 것은 망상의 손 위에서 놀게 된다.

이리하여 "질투에 미쳐버린 마음은 뼈까지 썩게 한다." 만일 이렇게 되면 "노여움은 끝없는 홍수처럼 넘쳐나서 누를 길이 없게 된다."는 것이다.

　그렇다고 해도 사랑하는 두 사람에 있어서는 질투도 애정의 바로미터가 된다는 것을 잊어서는 안 된다. 질투의 불이 다 꺼져버리게 되면 헤어질 날이 가깝다는 것을 알아야 할 것이다. 그러므로 탈무드에서도 말했다.

　• 질투하지 않는 애인은 진정으로 사랑에 빠져 있지 않다.

유대인에게도
중매인이 있다

 유대인에게도 결혼은 물론 신성한 행위이다.

창세기에는 '생육하고 번성하여 땅에 충만하라.'(창 1:28)고 하나님이 명령하고 있다. 또 하나님은, 남자가 어느 일정한 연령에 이르면 부모를 떠나 아내를 맞이하여 한 몸이 되지 않으면 안 된다고 명령하고 있다. 즉, 결혼하는 것은 남자나 여자나 모두 하나님에 대한 의무라고 생각하고 있다.

그래서 탈무드에서는 18세가 되면 결혼해야 한다고 말하고 있다. 또 고대의 랍비 중에는 14세에 결혼해야 한다고 주장하는 사람도 있다. 결혼은 신이 참여하는 것이라고 오랫동안 생각되어 왔다.

죠할에 의하면 하나님이 하늘에서 혼을 만드실 때 하나의 혼을 둘로 갈라서 남자와 여자로 만들어 땅에 보낸다고 한다. 그리고 두 쪽이 하나로 돌아가려고 하여 서로 맺어진다고 한다.

유대인 사회에서는 오랫동안 '샤드한'이라는 직업적인 중매인이 활동하고 있었다. 이 중매인은 마을마다 도시마다 살면서 그곳에 결혼 적령기의 어떤 남녀가 있는가를 속속들이 알고 있었다. 그리고 그들을 맺어주는 것이 일이었다. 그러나 유대인으로서는 신이 가장 유능한 샤드한이라고 생각해 왔다. 그러나 탈무드를 비롯한 유대인의 오랜 책 속에는 결혼을 찬양하는 동시에 또한 비아냥거리고 있다.

유대인 사회에서는 며느리와 시어머니 사이의 갈등이 매우 적다고 한다. 왜냐하면 같은 지붕 아래 부모와 함께 사는 것을 금하고 있기 때문이다. 앞서 말한 바와 같이 창세기에서도 부모의 곁을 떠나 아내를 맞이하라는 규정이 있는 것을 생각해주기 바란다.

• 젊은 남자가 결혼하면 그는 어머니와 이혼한다.

• 아침에 일찍 일어나는 것과 일찍 결혼하는 것은 나쁜 일이 아니다.

• 결혼하면 죄가 준다. 여자가 더 일찍 결혼해야 한다. 왜냐하면 여자는 남자보다 죄가 많기 때문이다.(이브가 뱀의 유혹에 넘어가 아담을 타락시켰다는 이유 때문)

• 남자는 결혼하기까지는 부모를 사랑하지만 결혼하고 나면 애

정은 아내 쪽으로 옮겨간다.

•살아있는 사내가 '훗파'로 들어가면 시체가 되어 나온다.

이것은 결혼에 대한 매우 심술궂은 독설이다. 훗파는 유대인이 결혼식을 할 때에 신부와 신랑이 그 아래에 들어가는 천막 같은 것을 말한다.

유대인의 관습에서는 사내아이가 태어나면 삼나무를 심고 여자아이가 태어나면 소나무를 심는다. 그리고 이들이 결혼할 때 이 나뭇가지를 사용하여 천막을 만들게 되어 있다.

동양인이 배워야 할 점은 아들이 결혼하여 아내를 맞이하면 부모가 간섭하지 말고 대등하게 대해주는 일일 것이다. 아들의 독립을 인정해 줘야 하는 것이다.

필자가 일본에 있을 때 라디오의 '인생 상담' 프로를 자주 들었는데 시어머니와 며느리의 관계, 모자관계에 대해서 상담을 청하는 일이 많았던 것이 인상에 남는다. 동양의 남성들은 좀 더 일찍이 자립해야 한다고 생각된다.

조혼에는
함정이 있다

조용히 그러나 중요한 변화가 요즘 미국 사회에서 진행되고 있다. 이것은 하나의 혁명이라고 말할 수 있을 것이다. 일찍 결혼하는 사람이 부쩍 불어나고 있는 것이다.

그것은 당연한 일이라고 생각하는 사람이 있을지 모르나, 불과 30년 전, 청년 시절에는 대학생이나 대학원생 중에 결혼한 사람이 매우 드물었다. 결혼한 사람은 다른 사람들과 다르게 보았다. 그런데 이 극적인 변화가 어떻게 일어났는가?하는 것을 사회학자가 분석하고 있는데, 조혼은 안정감이나 행복감에 커다란 어두운 그림자를 던지고 있는 것 같다. 필자로서는 조혼이 바람직하다거나 바람직하지 않다거나 하는 주장은 아무래도 상관없다. 다만 사실로서 받아들일 뿐이다. 그러나 조혼이 가져오는 결과에 대해서는 매우 큰 관심이 쏠린다.

먼저, 필자가 걱정하는 것은 젊은 사람들은 배우자를 선택할 때에 몇 가지 중요한 요건을 머리에 두지 않는다는 점이다.

가령 그가 어떻게 자라났는가? 어떤 취미를 가지고 있는가? 종교를 포함하여 어떤 생각을 가지고 있는가?따위에 대해서 생각하지 않는다. 아닌 게 아니라 '사랑은 맹목'이라는 말이 있다. 그러나 사랑이 모든 것을 극복한다고 생각한다면 거기엔 큰 착각이 일어나게 된다.

두 사람이 사랑에 빠져 있을 때, 제3자의 눈에는 아무래도 잘 되어갈 것 같지 않더라도 두 사람의 눈에는 함정이 조금도 보이지 않는다. 서로가 참고 양보하면 행복한 결혼생활을 할 수 있다고 속단해 버리는 것이다. 그러나 그 결과는 어떤가? 조혼이 실패로 끝나는 예는 너무나 많다. 당신의 주위를 둘러보아도 이러한 예를 볼 수 있을 것이다.

세상 사람들은 결혼하면 모든 문제가 해결된다고 생각하는 경향이 있는 것 같다. 그러나 문제는 조금도 해결되지 않는다. 해결되기는커녕 새로운 문제가 더 생겨나고 만다.

필자의 생각으로는 결혼한 후 2~3년이 가장 어려운 시기인 것 같다. 이 시기가 지나면 결혼의 안전성이나 만족감도 해마다 커져

간다. 필자는 여기에서 결혼이라는 항해에 얽힌 몇 가지 난점을 들어 여러분의 인생 항해에 도움이 되고 싶다.

첫째로 중요한 것은 상대방을 잘 이해해야 한다는 점이다. 로맨틱한 연애를 통해 상대방을 선택할 경우, 결혼이 오래 가지 못하는 일이 많다. 현실감이 깨어 있어야 한다. 이것은 기본적 조건이라고도 할 수 있다. 이를테면 결혼하고 나서야 상대방의 참된 성격이나 기질을 알게 되는 일이 많다. 결혼 전에는 사랑에 열중하여 상대방을 보아도 핀트가 흐려지는 경우가 적지 않다.

필자는 어느 젊은 부부가 "이런 사람과 결혼하려고 했던 게 아니었는데……"하고 탄식하는 소리를 들었다. 이것은 엄청난 실수이다. 결혼했다고 해서 인간의 기본적인 성격이 바뀌지는 않는다. 상대방의 마음을 몰랐던 탓이다.

이 단계가 결혼에 대한 제1의 도전기라 할 수 있다. 결혼하고 나니 서로의 정체가 잘 보이게 된 것이다. 상대방이 잘 보이게 되었다는 것은 다름 아닌 상대방도 나를 잘 볼 수 있게 되었다는 이야기다. 또 육체적으로 상대방을 안 때는 정신적, 심리적으로도 잘 알았다고 할 수 있다.

연애 도중에는 서로 될수록 겉을 꾸며서 잘 보이려고 한다. 데이트를 하러 가면서 수염도 깎지 않고 가는 사람이 있겠는가! 또 여성이라면 옷이나 머리, 얼굴을 세심하게 단장하고 데이트에 나갈 것임에 틀림없다. 그러나 일단 결혼하고 나면 그런 것에 신경을 쓰지 않고, 있는 그대로의 자기를 드러내보이게 된다.

분명히 두 사람의 사랑은 먼저 불꽃처럼 타오르는 데서부터 시작된다. 그러나 결혼은 이런 격렬한 충동적인 감정으로는 유지될 수 없다. 결혼은 일상생활에서의 행동과 말이나 태도의 연속인 것이다. 거기에는 쓸데없는 일도 있으며 깊은 의미가 있는 것도 있다. 그러므로 결혼해서 일어날 수 있는 사태를 미리 통찰해서 이해할 필요가 있다.

필자는 상대방을 정말로 이해하기 위해서는 서로 받아들이고 긍정하는 일이 중요하다고 말하고 싶다. 여기에서 받아들이고 긍정해야 한다는 말을 설명해야겠다. 개인으로서는 심리학적으로 가장 중요한 것은 그 사람 혹은 그녀가 자기의 인생에 있어서 최고의 가치가 존재하고 있다는 감각이다. 다른 경우도 마찬가지이지만 결혼한 두 사람은 서로 받아들이고 긍정하는 일을 단 한 번의 행위로는 나타낼 수 없다. 결혼한 사람, 특히 행복한 결혼생활을 하고 있는 사람은 몇 번씩 되풀이하여 서로 "두 유 러브 미?(Do you love me?)"라고 묻는다. 그리고 긍정의 말을 기대하는 것이다. 이것이 미국이나 유럽에서의 일반적인 따뜻한 결혼이라고 할 수 있다.

그렇다고 해서 필자는 두 사람이 즐겁고 만족한 결혼생활을 보내기 위해서는 늘 긴장된 관계를 가져야 한다고 말하는 것은 아니다. 차라리 두 사람이 마주보고 서로 이야기하고 서로 위로하고 감사를 표하라고 말하고 싶다. 이렇게 하여 권태나 절망의 늪에 빠져들지 않으면 두 사람의 사랑은 훌륭하게 열매를 맺게 될 것이다.

아무리 두 사람 사이가 굳게 맺어져 있는 것처럼 보일지라도 역시 매일의 생활에는 갈등이나 오해가 반드시 생기게 마련이다. 그런 때는 결혼생활의 시련을 겪고 있다고 생각하면 된다. 두 사람이 솔직하게 이야기할 수 있고 노여움의 장벽을 넘어설 수 있으면 이러한 결혼생활의 시련은 훌륭하게 극복할 수 있다. 파탄은 갑자기 찾아오는 것이 아니다. 서서히 찾아온다.

젊은 사람들의 결혼이 결과적으로 실패로 끝나는 것은 대부분 예상치 못한 사태가 줄지어 찾아와서 그 충격을 견뎌낼 수 없기 때문이다. 그러므로 정신적으로 충분히 대처할 수 있을 때까지는 결혼은 신중하게 결정해야 한다.

이것은 꼭 미국의 젊은이들에 대한 충고만은 아니다. 동양의 청년들도 꼭 귀담아 들어야 할 일이라고 생각한다.

탈무드에는 다음과 같은 격언이 있다.

• 어차피 헤어지려면 결혼한 후보다는 약혼 중에 하라.
• 생활의 안정도 없이 결혼하는 것은 어리석은 자이다.
• 허니문은 한 달까지 가지만 트러블은 평생간다.

6장

삶에 여유를 주는
해학과 유머

　유대인의 민족성 가운데 똑똑하면서도 전통을 고집하고 지극히 현실적이라는 점도 있지만 주변국으로부터 멸시와 학대를 받아왔으므로 자연히 그들은 머리가 아주 비상하여 남을 속이는 일에 뛰어났다고 하며, 그리고 유머를 좋아해서 농담, 비유, 풍자를 엄청 좋아한다고 한다.

　때로는 인간관계에서 유머와 비유를 통해 다정다감함은 삶의 윤활유로 작용되는데 이는 유대인의 긍정적인 마인드에서 비롯되었다고 볼 수 있다. 가정에서 뿐만 아니라 교육 현장에서도 당근과 채찍은 서로 간의 관계를 원만하게 유지시켜 주는 수단으로 작용하는 것이다.

　그래서 유대인의 유머가 더 가치를 부여하는지도 모르겠다.

도둑이
제 발 저린다!

유대의 격언이나 속담 중에는 마치 수수께끼 같은 것이 있다. 그 뜻을 곧바로 이해하기란 쉽지 않다.

이를테면 "도둑놈 머리 위에서 모자가 탄다."는 속담이 있다.

필자는 오랫동안 이 속담의 의미를 몰랐다. 그것은 이디쉬어 속담인데, 어째서 불타는 것이 모자라야 할까? 왜 모자가 불탈까? 왜 도둑이 나올까? 거기에는 어떤 교훈이 들어 있을까?라고 생각했었다.

그런데 어느 날 동유럽에서 온 노인의 말을 듣고 비로소 그 의미를 알 수 있었다. 노인의 설명은 다음과 같았다.

어느 날 동유럽의 어떤 도시에서 유대인이 모자를 도둑맞았다.

그 모자는 흔히 볼 수 있는 것으로써 누구나 쓰고 다니는 모자였다. 길거리에 나가 보니까 자기 모자처럼 보이는 것을 쓰고 있는 사람이 수없이 많았다. 어떤 모자나 똑같아서 구별할 수가 없었다. 그래서 그 유대인은 어떤 결심을 하고 이렇게 소리쳤다.

"도둑놈 모자에 불이 붙었다!"

물론 자기 모자에 맨 먼저 손을 올린 사람이 도둑놈이었다.

탈무드 단행본

웃음은
백약 중의 으뜸이다

　　우리는 유머를 존중하자. 웃음이나 유머는 강한 사람만이 가지는 것이다. 유머는 인간이 가지고 있는 힘 중에서 가장 강한 것 중의 하나이다. 동양인의 웃음은 아무래도 상대방의 비위를 맞추기 위한 사교적인 웃음이 많아서 정말로 자유로운 마음으로 웃는 웃음이 드문 것 같다. 그것은 국제적으로 '일본인의 웃음'(Japanese smile, 난처할 때, 겸연쩍을 때 보이는 다소 어색한 웃음; 썩소)이란 말로도 알려져 있다. 서양인에게는 이러한 웃음이 없기 때문에 일본인은 이해 못할 웃음을 짓는다고 알려져 있다. 혹은 동양인은 자기 실수나 무안을 넘기기 위해서 웃는 일이 많다. 웃음에는 그러한 기능이 있어도 좋을지 모르겠다. 그러나 더 진심으로 웃을 수는 없는 것인지 궁금할 때도 종종 있다.

아무래도 동양에서의 웃음은 정당한 권리를 찾지 못하고 있는 것 같다. 강인한 정신을 몸에 지니기 위해서는 웃음을 더 자기 것으로 만들어야 한다고 생각한다.

동양에서는 흔히 유머는 엄숙성이 결여되어 있다고 해서 배척받고 있다. 가령, 진지한 회의 자리에서 유머는 그 자리에 어울리지 않는다고 치부되고 있다.

"웃음은 백약 중의 으뜸이다."이라는 말이 있다. 괴로울 때는 웃음이 마음을 위로해 준다. 생기 있는 웃음은 즐거운 것이다. 그러나 웃음이 간직하고 있는 힘은 그런 것뿐만이 아니다. 우리가 웃음을 존중하면 우리가 지닌 강력한 무기가 될 수도 있다.

유머가 왜 우스운가?하면 평범한 규격(규범)에서 벗어나 있기 때문이다. 그러나 유머에는 그 이상의 힘이 존재한다. 규격에서 벗어난다는 것은 여유가 있다는 말이다. 여유를 가짐으로써 비로소 유머라는 유희를 즐길 수 있는 것이다.

윈스턴 처칠은 유머가 풍부한 사람이었다. 그래서 2차 대전의 위기를 딛고 위대한 수상으로서 영국을 승리로 이끌 수 있었다. 유머는 분위기를 밝게 해준다. 혹시 블랙 유머라면 어둡게 해줄지도 모르지만 그것은 그것대로 좋은 것이다. 우습기 때문에 밝게 해주는 것이 아니다. 마음의 여유가 있기 때문에 사람들의 긴장을

풀어주는 것이다. 현명한 자만이 어떠한 상황에 놓여도 여유를 가질 수 있다.

게다가 고차원적인 유머는 지성에서 비롯한다. 진정 세련된 유머, 그 자리에 딱 들어맞는 유머는 지적으로 갈고 닦은 자만이 구사할 수 있다. 그리고 그러한 유머는 지성이 없으면 알아듣지 못한다.

또한 유머는 극히 창의적인 것이다. 같은 말을 두 번 되풀이하면 진부해서 사람에게 호소하는 힘이 적어진다. 유머에는 듣는 사람을 기습하는 것 같은 신선함이 필요하다.

유머스런 성향이 있는 사람은 자기를 웃길 수도 있다. 정말로 불안하게 쫓기고 있을 때는 거의 대부분의 사람은 유머를 구사할 수 없다. 유머는 위기 속에 있으면서도 순간적일지라도 한 발짝 그 자리를 벗어나 객관적으로 자신의 처지나 상황을 바라볼 수 있다는 힘을 보여준다. 그리고 담력도 나타내 보여준다. 정말로 쫓기고 겁을 먹고 있는 자에게는 여유가 없다. 불굴의 정신만이 유머를 낳는다. 어떠한 위기에 처해도 거기에서 한 발짝 떨어져 바라볼 수 있는 자는 좋은 해결책을 생각해 낼 수 있을 것이다. 정신없이 허둥대면 아무것도 안 된다.

유머는 냉정을 유지하게 만드는 묘약이다. 머리끝까지 피가 올라온 사람한테서는 유머도 웃음도 떠나버린다. 유머의 효용은 크다.

유대인은 웃음과 유머를 항상 존중해왔다. 유대인은 흔히 '책의 민족'이라고 불리지만 마찬가지로 '웃음의 민족'이라는 말을 들어 왔다. 유대인이 역사를 통해서 그만큼 가혹한 박해를 받았는데도 끈질기게 살아남은 것은 웃음의 효용을 알고 있었기 때문이 아닐까? 아무리 쫓겨도 유대인은 그것을 웃음으로 중화해 왔다. 또 자기 자신들에 대해서도 충분히 웃길 수 있었다. 즐거울 때는 물론이지만 괴로울 때야말로 정말 웃어야 하는 것이다.

다른 민족에게 조크(농담)는 그다지 큰 비중을 차지하지 않는다. 조크는 일시적으로 기분을 푸는 것이라고만 생각되어 왔다. 그러므로 기호품 정도로밖에 생각되지 않았다. 특히 동양에서는 그런 것 같다. 유대인은 웃음을 주식이라고 생각하고 있다. 그도 그럴 것이 히브리어에서는 예지와 조크는 '호프마(지혜)'라는 같은 말로 나타낸다.

로스차일드는 영국의 부호로 유대인인데 런던의 궁전에 들어가 환심을 사 재산을 이루어 손꼽히는 부호가 되었다. 로스차일드가 무기의 하나로서 조크를 사용했던 것은 유명한 이야기이다. 그는 유럽 대륙에서 최신 유행하는 조크를 빠른 말과 경쾌한 범선을 이용해서 런던으로 들여왔다. 그리고 그렇게 도착한 조크를 구사함으로써 궁정에서 인기를 얻어 성공의 실마리를 잡았던 것이다.

조크는 왜 우스운가? 예를 하나 들어보자.

어느 날 히틀러가 점성가에게 상의하였다. 히틀러는 독재자로서 암살을 극도로 무서워하고 있었다. 점성가는, "당신은 유대의 축제일에 암살된다."고 말했다. 히틀러는 바로 SS(친위대)의 사령관을 불러 "앞으로 유대인의 축제 때는 경비를 여느 때의 10배, 아니 50배로 늘려라."고 명령하였다. 그러자 점성가는 "아니, 그것은 아무 소용도 없습니다. 당신이 암살되는 날이 유대인의 축제일이 될 것이니까요."하고 대답했다.

이 조크가 왜 우스우냐?하면, 그것은 모든 조크에 공통되어 있는 의외성이 있기 때문이다. 우리는 언제나 규칙에 맞는 생활을 하고 있기 때문에 의외성이 있는 사건이나 이야기를 접하면 웃게된다.

위엄을 보이며 걸어가던 사장님이 바나나 껍질에 미끄러져 넘어졌다고 하자. 그것이 왜 우습냐?하면 생각지 못한 뜻밖의 일이기때문이다. 위엄을 부리는 자는 넘어져서는 안 된다. 그가 꼴사납게넘어지면 넘어질수록 그것은 더욱 웃음을 자아낸다. 권위는 흔히거짓의 옷을 걸치고 있다고 한다. 그것이 넘어짐으로써 벗겨져 버렸기 때문이다.

웃음은 반항적인 것이기도 하다. 어떤 일에 예속되어 있으면 웃을 수 없다. 유대인은 늘 권위를 의심하는 것이 중요한 일이라고배우며 자란다. 권위를 비웃어주는 것은 유대인의 힘이 되어왔다.

프로이트, 아인슈타인이 새로운 학설을 발견한 것은 그때까지의 학설을 의심하였기 때문이다. 그리고 그들의 학설은 의외성이 있는 것이었다.

조크나 유머는 창조력의 좋은 연습장이 된다. 그래서 유대인은 아이들에게 어려서부터 웃음의 힘에 대해서 가르치고 있다. 불굴의 의지, 의외성, 불손한 정신을 몸에 붙이라고 한다. 유대인에게서 성경을 빼앗는다면 그들은 유대인이 아니게 될 것이다. 마찬가지로 그들로부터 웃음을 빼앗는다면 유대인이 아니게 될 것이다.

하여튼 대상을 객관시하는 데서 조크나 유머는 태어난다. 비판정신이 없으면 정말 효과적인 조크나 유머는 생길 수가 없다. 구소련의 반체제 인사 중에는 긴스부르크 등 유대계가 많은 것도, 또 미국의 현대 작가 중에 유대계 작가(필립 로스, 노먼 메일러 등)가 상당한 위치를 차지하고 있는 것도 이러한 유대인 특유의 비판정신이 근간을 이루고 있기 때문이다.

세 개의
통과의례(관문)

재치나 기지는 그 자리에서 생겨나는 것이 아니라 평소의 훈련에서 길러지는 것이다. 길러진 기지는 사람을 일약 부자로 만들거나 행복하게 한다. 재치와 기지는 행복이 가득한 상자와도 같다.

예루살렘에서 온 부자 나그네가 여행 도중에 어느 도시에서 병에 걸려 죽었다. 그는 자기의 죽음이 가까운 것을 알자 신세를 진 집주인을 불렀다. 나그네는 이 집주인을 믿고 자기가 가졌던 귀중품을 모두 맡기고 이런 말을 남겼다.

"만일 나의 아들이 예루살렘에서 찾아와 세 번 기지를 발휘하면 내가 맡겼던 것을 그에게 내주시오. 나의 아들이 그런 재치를 부리지 못한다면 당신이 가지시오."

이윽고 이 나그네는 죽었다. 그리고 얼마 후 그의 아들이 이 도시에 찾아왔다. 성문을 들어선 아들은 이 도시 사람들에게 자기 아버지가 신세진 집을 물었다. 그러나 아무도 그 집이 어딘지 가르쳐주려고 하지 않았다.

거기에 마침 큰 나무 짐을 짊어진 사람이 왔다.

"그 나무를 나에게 파십시오." 아들이 말했다.

"좋습니다." 하고 그 사람이 대답했다.

"이건 나무 값이오." 그런 후 젊은이는 그 나무를 자기 아버지가 신세진 집에 가져다 달라고 말했다.

아들은 나무를 짊어진 사람을 뒤따라가서 마침내 그 집에 도착할 수 있었다. 이것이 젊은이의 첫째 기지였다. 그는 자기가 죽은 부자의 아들이라고 자기소개를 하고 주인으로부터 기분 좋은 환대를 받았다. 그리고 가족과 함께 점심을 들게 되었다.

이 집에는 집주인 외에도 아내와 두 아들, 두 딸이 있었다. 식탁 위에는 치킨 구이가 다섯 마리가 나왔다. 주인은 손님에게 치킨을 나누어 달라고 부탁했다.

"제가 나누다니요. 황송합니다."라고 젊은이가 말했다.

"뭐 그렇게 사양하지 마시고 공평하게 나누어 주십시오."라고 주인이 말했다.

그래서 젊은이는 치킨을 나누게 되었다. 그는 치킨 한 마리를 나누어 부부에게 주었다. 다음 치킨을 두 아들에게 나누어 주었다. 마찬가지로 셋째 것을 두 딸에게 나누어 주었다. 그리고 나머지 두 마리는 자기 앞에 놓았다.

그들은 음식을 먹기 시작하였지만 손님의 이 엉뚱한 분배에 대해서는 아무 말도 하지 않았다. 이것이 그 젊은이의 두 번째 기지였다.

저녁식사에는 살찐 암탉이 나왔다. 주인은 또 손님에게 이 암탉을 가족에게 나누어 달라고 부탁하였다. 이번에는 그는 머리 부분을 주인에게, 내장을 부인에게, 두 다리를 두 아들에게, 날갯죽지를 두 딸에게 주고 몸통은 자기가 가졌다. 이것이 그의 세 번째 기지였다.

"예루살렘에서는 그렇게 나눕니까?"라고 주인이 물었다.

"점심 때는 아무 말도 드리지 않았지만 이번엔 꼭 그 까닭을 듣고 싶군요."

"저는 마음이 내키지 않았습니다만 굳이 나눠달라고 청하셨기 때문에 나누어드렸지요. 그러면 제가 왜 그렇게 나누었는지 이유를 말씀 드리지요. 낮에는 일곱 사람에게 다섯 마리의 치킨이 나왔습니다. 나눈 근거는 이렇습니다. 주인어른과 부인 그리고 치킨 하나로 셋이 됩니다. 또 아드님 두 분과 치킨 하나로 셋이 됩니다.

따님 두 분과 치킨 하나로 역시 셋이 됩니다. 그리고 저와 치킨 둘로 셋이 됩니다. 모두 평등하게 나누었습니다.

다음에는 저녁식사입니다. 저는 먼저 주인어른께 머리를 드렸습니다. 그것은 주인어른이 이 댁의 우두머리이시기 때문이지요. 부인께 내장을 드린 것은 부인은 풍요의 상징이기 때문이지요. 또 두 아드님에게 두 다리를 드린 것은 두 분이 이 집의 기둥이기 때문입니다. 두 따님에게는 날갯죽지를 드렸습니다. 장차 두 분은 이 집을 날아서 떠나실 분이니까요. 제가 몸통을 먹었습니다. 그것은 제가 배를 타고 여기에 왔으며 돌아갈 때도 배를 타고 가기 때문입니다."

"참 훌륭합니다. 과연 당신은 그 분의 아들이오."

주인은 그렇게 말하고 보따리를 내밀었다.

"이것이 당신에게 주는 유산이오. 당신의 집이 번영하기를 빕니다."

유대인은 세련된 조크를 아는 민족이다

사람의 가치는 그가 비밀을 얼마나 잘 지키느냐?라는 기준으로 재볼 수도 있다. 또 그 사람이 얼마나 남을 생각하느냐? 신뢰성이 얼마나 있느냐?하는 점으로도 알 수 있다.

일단 비밀 이야기를 들으면 그것을 이야기하고 싶은 것이 인지상정이고 또한 사람의 취약한 점이다. 비밀을 이야기함으로써 사람들의 주목을 끌 수가 있다. 누구나 비밀을 듣기 좋아하고 또 누구나 사람의 주목을 받고 싶어 하기 때문이다.

비밀을 이야기하면 사람들의 주목을 모으기 때문에 근사하게 보인다. 그러나 비밀을 다른 사람에게 이야기한다는 것은 상대방을 신뢰하는 것처럼 보이지만 자기에게 비밀을 알려준 사람의 신뢰를 배신하는 일인 것이다.

랍비 이븐 가비롤은 "비밀은 당신의 손 안에 있을 때는 당신이 비밀의 주인이지만 입에서 나가버리면 당신은 비밀의 노예가 된다."고 썼다.

• 세 사람 이상이 알고 있는 비밀은 이미 비밀이라고 할 수 없다.

• 비밀을 듣기는 쉬우나 간직하기는 어렵다.

• 술이 입에 들어가면 비밀이 입에서 저절로 나온다.

• 어리석은 자와 아이들은 비밀을 지킬 수가 없다.

• 당신의 친구도 역시 친구를 가지고 있다.

이 말들은 비밀을 경계한 말이다. 그 중에서도 필자가 가장 좋아하는 말은 "비밀이라는 술을 먹으면 혀가 춤을 추니까 조심하라."는 말이다. 동양에도 입을 조심하고 구설수에 오르지 않도록 하라고 경계하는 말이 많다.

유대인은 기지나 재치를 중요시한다. 아마 다른 어떤 민족보다도 그것을 중요시하지 않나 싶다. 그러므로 유대인은 조크나 수수께끼도 매우 좋아한다.

조크나 수수께끼는 말하자면 두뇌를 가는 숫돌과 같다고 할 수 있다. 왜냐하면 거기에는 의외성이 있기 때문이다.

그래서 아이들이 철이 들면 저녁식탁에서 아버지가 여러 가지 수수께끼를 내준다. 그리고 어른이 되면 서로 조크를 주고받는다.

조크가 웃음을 가져오기 때문이 아니다. 거기에는 뜻밖의 암전이 있기 때문에 머리의 두뇌활동을 도와준다. 머리라는 기계에 기름을 쳐주는 것이라고 생각하면 된다. 그래서 유대인은 짤막한 이야기나 조크를 유난히 좋아한다.

미드라쉬에는 다음과 같은 전형적인 이야기가 실려 있다.

어느 부자 유대인이 병에 걸렸다. 그는 자기의 죽음이 가까워진 것을 알았기 때문에 유서를 구술하였다. 유서의 골자는 다음과 같이 두 가지로 이루어져 있었다.

"이 유서를 아들에게 가져다 준 충실한 노예에게 나는 전 재산을 남긴다. 내 아들 유데아에게는 내가 가진 모든 것 중에서 하나만을 골라서 주기로 한다. 한 가지만 골라서 가져라."

드디어 이 유대인이 죽자 노예는 유서를 랍비에게 보였다. 랍비는 노예와 함께 아들한테 갔다.

"당신의 아버지는 당신에게 단 한 가지 밖에 남기지 않았다. 나머지는 모두 노예에게 준다고 말했다. 당신은 무엇을 선택하겠는가?"

그러자 아들은, "나는 이 노예를 상속받겠습니다."라고 말했다. 아들은 노예를 상속받음으로써 아버지의 재산을 모두 물려받은 것이다. 죽은 아버지는 자기가 그렇게 쓰지 않았다면 자기의 재산을 노예가 멋대로 처분해버릴 것이라고 생각했던 것이다.

너희 집
앞마당을 파라

어떤 사내가 랍비를 찾아가 오래 살던 동네를 떠나 이사를 갈 참인데 뭔가 좋은 충고를 들려달라고 말했다.

랍비는 다음과 같은 이야기를 그 사내에게 해주었다.

"베를린에 사는 유대인 남자가 어느 방앗간에 보물이 묻혀 있다라는 말을 듣고 그곳을 파는 꿈을 몇 번인가 꾸었다. 그래서 그는 아침 일찍 일어나 그 방앗간에 가서 주의 깊게 파보았다. 그러나 돈이 될 만한 것은 아무것도 나오지 않았다.

거기에 방앗간 주인이 와서 왜 이런 데를 파느냐?고 물었다. 그 남자의 설명을 듣고 난 주인은 큰소리로 소리쳤다.

"나는 베를린에 사는 어떤 남자의 집 앞마당에 보물이 묻혀 있다는 꿈을 몇 번이나 꾸었단 말이야."

방앗간 주인은 꿈에 본, 베를린에 산다는 남자의 이름까지 말해주었다. 어찌된 일인지 그 이름은 바로 그 유대인의 이름이었다.

유대인은 바로 집으로 돌아와서 자기 집 앞마당을 파보았다. 그러자 이게 웬일인가! 바로 자기 집 마당에서 보물이 쏟아져 나오는 게 아닌가!

"알겠나?"하고 랍비는 말했다.

"때로는 자기 집 마당에도 보물이 묻혀 있는 거야."

이 이야기는 동양인에게 도움이 되는 일화이리라. 동양인들은 자기네의 독특하고 뛰어난 전통이나 문화를 업신여기고 무엇이든 서양에서 건너온 것만 좋게 여기는 사람이 많다. 필자는 여태껏 몇 번이나 이 테마에 대해서 여러 저서에서 말해왔다. 다시 한번 더 동양인에 대한 충고로써 이 글을 들려주고 싶다.

자기 가까이에 있는 보물을 잊어버리지 않기를 바란다. 왕의 식탁에 가서 앉고 싶다고 생각할 필요가 없다. 자기 집의 식탁이 훨씬 좋다. 거기에서는 당신이 왕이니까!

유대인의 밥상머리 자녀교육법을 벤치마킹하라!

유대인들에게 있어서 온가족이 함께 하는 식사는 항상 감사의 기도로 시작되는데 자녀들은 자연스럽게 밥상머리에서 전통을 접하게 되고, 또한 서로 배려하고 감사하는 마음을 갖게 된다. 유대인은 밥상머리에서 어떤 잘못이 있어도 절대 아이를 혼내는 법이 없다. 꾸짖을 일이 있으면 식사 이후로 미루는데 유대인 부모들은 밥상머리에서 가족과 나누는 대화를 가장 소중하게 생각하기 때문이다.

한국은 전통적인 사회체제의 붕괴가 가속화되어 핵가족화를 초래하게 되었으며, 한편으로 주5일제 근무제가 시행되면서부터 가정에서의 자녀교육뿐만 아니라 인성교육조차 제대로 이루어지지 않고 있는 실정이다. 더구나 우리의 지나친 교육열과 학력지상주의가 만연해지면서부터 자녀와 부모와의 대화가 점차 줄어들면서 서로 대화하거나 소통할 수 있는 기회는 점차 박탈되어가고 있다.

따라서 날마다는 아니더라도 일주일에 한번만이라도 밥상머리를 통한 가족 간의 화합할 수 있는 기회를 가져야 하며, '유대인의 밥상머리 자녀교육'을 한국적인 상황에 알맞게 정착시켜야 할 것이다.

7장

일깨움을 던져주는
어리석음에 관한 단상

예로부터 전해오는 "도끼로 제 발등을 찍는다."라는 속담처럼 남을 해칠 요량으로 한 것이 결국은 자기에게 피해로 돌아오는 경우를 종종 보게 된다. 우리는 살면서 자신의 잔꾀에 자기가 당하는 꼴을 수없이 경험하게 되는데 어리석음에 대한 경구로 널리 인용되곤 한다.

우리는 지금껏 동화책을 통하여 어리석음에 대한 교훈을 얻곤 하였다. 수궁가에 나오는 〈토끼와 거북이〉는 누구나 알고 있는 대표적인 동화책이다.

특히 악인과 의인에 대한 대립 구도를 통한 경구는 '이솝이야기'와 우리의 전통적인 전래동화에도 얼마든지 그러한 사례를 살펴볼 수 있다.

잘못된 길을 가고 있음에도 깨닫지 못하는 어리석은 경우가 가장 안타까움을 주게 된다.

자만심을 경계하지 않으면
세상을 잃게 된다

 세상에서 자만심처럼 꼴 보기 싫은 것도 없다.

유대인의 오래된 속담에는 "네가 없어도 해는 뜨고 진다."는 말이 있다. 자만심을 갖는 순간, 사람은 겸손을 잃게 된다. 자기를 고치려고 하는 마음이 없어져버린다.

자만에 빠지면 과오를 저지르기 쉽다. 그래서 탈무드는 자만심을 죄로 치지 않았다. 자만심을 어리석음이라고 규정한 것이다.

또 지나친 자기혐오도 자만심의 일종이다. 주위의 사람들은 자기에 대해서 그렇게 관심을 기울일 리가 없는데 자기가 세계의 중심이라고 착각하기 때문에 지나친 자기혐오가 생겨나는 것이다. 이것은 말하자면 허영심을 뒤집어 놓은 것과도 같다.

또한 오만이나 자만심으로 가득 차 있는 사람의 마음속에는 하나님이 들어가서 설 자리가 없다고 한다. 다른 사람을 칭찬하기 전에 자기를 칭찬해서는 안 된다.

이와 같이 자만심을 경계할 때도 유대인은 아이들에게 성경의 창세기를 가르쳐준다. 창세기에 보면 사람이 가장 나중에 만들어졌다. 처음에 하나님은 빛과 어둠을 나누고 땅과 물을 나누었다. 그리고 짐승을 만들었다. 그리고 마지막으로 아담이 만들어졌다. 그러므로 사람보다는 벼룩이 먼저 만들어졌다. 사람은 뽐낼 것이 하나도 없다는 것이다.

자존심과 자만심은 분명하게 구별되어야 한다. 자존심, 즉 명예는 건전한 것이다. 자만심은 병이고 그리고 다른 무엇보다도 어리석음 그 자체이다.

자존심은 남들 앞에서 자기를 낮추어 사람답게 만들며 아름다운 덕목이 될 만하다. 그것은 자신만이 가진 가치와 능력을 깨닫고 더불어 살아갈 줄 아는 마음이다. 그러나 자만심은 자신의 결점을 숨기고 내가 남보다 낫다는 우월감에 빠져 모든 것을 자기중심적으로 생각하고 판단하며, 그렇게 행동하기 때문에 이기적이 되기 십상이다.

자기가 자신을 칭찬하기 전에 다른 사람에게 칭찬을 받는 인간이 되어야 한다.

고대 유대에서는 예시바(유대인 학교)에서 1학년생을 '현자'라고 불렀고, 2학년생은 '철학자'라고 불렀으며, 최종 학년인 3학년이 되면 비로소 '학생'이라고 불렀다. 왜냐하면 사람들로부터 겸허하게 배우는 자가 가장 지위가 높고, 학생이 되려면 몇 년이나 수련을 쌓지 않으면 안 된다고 보았기 때문이다. 그리고 사람은 학생이 되는 것이 마지막 목표라고 생각했던 것이다.

　　이러한 이야기는 오늘날에도 예시바에 들어오는 학생들에게 가르침을 주고 있다.

　　겸허의 엄격성에 대해서 탈무드에서는 "현인이라 할지라도 자기의 지식을 자랑하는 사람은 자기의 무지를 부끄러워하는 어리석은 자만도 못하다."고 경계하고 있다. 자만심의 위험에 대해서는 "돈은 자만심의 지름길이요, 자만심은 죄의 지름길이다"이라고 경계하고 있다.

어리석음은 생각처럼
쉽게 고쳐지지 않는다

 여기 인간의 어리석음을 전하는 이야기가 있다.

옛날 첼룸이라는 도시가 있었다. 어디서나 볼 수 있는 조그만 도시였다. 따라서 역사에 이름이 남을 만한 도시도 아니었다. 다만 이 도시는 큰 문제를 하나 안고 있었다.

이 첼룸으로 가는 길은 험한 낭떠러지를 낀 벼랑길이었다. 좁고 꼬불꼬불한 위험한 길이었다. 이 도시 사람들은 이 벼랑길을 가다가 아래로 떨어져서 다치는 일이 많았다. 이것이 이 도시 사람들의 큰 걱정거리였다.

어부가 벼랑에서 떨어져 생선을 가져오지 못할 때는 이 도시에 심각한 문제를 주게 된다. 또 우편배달부가 벼랑에서 발을 헛디며 편지를 잃어버리게 되면 이 도시에는 야단이 나는 것이었다. 마침내 우유배달부가 갓난아기에게 먹일 우유를 벼랑에 쏟아버리는 사건이 일어났다. 그래서 도시의 장로들이 모여서 대책을 세우기로 하였다. 이런 일이 자꾸 계속되면 도시는 황폐해져 버리고 말 것이다.

장로들은 모여서 머리를 짜고 또 짰다. 하여튼 무슨 수를 쓰지 않으면 안 되었다. 이런 의견, 저런 의견이 나오고 토론이 불꽃을 튀겼다. 여섯 날 여섯 밤에 걸쳐 의견들을 내놓고 서로 옥신각신하다가 마침내 안식일이 되었을 때 가까스로 장로들은 결론에 이르렀다.

독자 여러분, 어떤 결론이 나왔다고 생각하는가?

장로들은 낭떠러지 아래에다 병원을 만들기로 한 것이다.

이 이야기는 아무리 오래 의논해 봐야 쓸데없는 의논은 유익한 결론을 낼 수 없다는 것을 가르쳐 준다. 병원을 만들어 봐야 어부, 우편배달부, 우유배달부는 똑같은 실패를 저지르게 될 것이 너무도 뻔하다.

유대의 격언 중에는 어리석은 자나 어리석음을 테마로 삼은 것이 많다. 그러나 이 격언들은 정곡을 찌르거나 비웃는 그런 것이 아니라 은근하고 가슴을 따뜻하게 하는 것이 특색이다.

• 어리석은 자는 1시간에 현인이 1년 걸려도 대답할 수 없을 만

큼 많이 질문한다.

• 메시아가 와도 병자는 모두 고쳐주겠지만 어리석은 자를 현명하게 해줄 수는 없다.

• 현자는 어리석은 자로부터 교훈을 끌어낼 수 있다. 그러나 어리석은 자는 현자로부터 교훈을 끌어낼 수 없다.

• 어리석은 자도 돈만 있으면 왕후처럼 대접 받는다.

• 어리석은 자를 가르치는 것은 구멍 뚫린 주전자에 물을 붓는 일과도 같다.

• 어리석은 자도 침묵을 지키고 있으면 성인 같이 보인다.

체다카(모금함)

날개를 쓸 줄 모르는
새가 되지 마라

탈무드에는 창세기에 관한 짤막한 이야기가 실려 있다. 하나님이 처음 새나 짐승을 만들었을 때 새는 아직 날개를 갖지 못하고 있었다. 그래서 새는 하나님한테 가서 어떻게 적으로부터 내 몸을 지킬 수 있겠느냐?고 투덜거렸다.

"뱀은 독이 있습니다. 사자는 이빨이 있습니다. 말은 말굽이 있습니다. 그러나 새는 아무것도 없습니다. 우리는 어떻게 자기를 지켜야 좋겠습니까?"하고 하나님에게 애원하였다.

신은 새의 불평이 타당한 얘기라고 생각하고 깃과 날개를 주었다. 그러나 얼마 후 새는 다시 와서 불평을 토로했다.

"날개는 쓸데없는 것이고 짐이 될 뿐입니다. 날개를 몸에 짊어졌기 때문에 전처럼 빨리 달릴 수도 없습니다."

"어리석은 새여!"하고 하나님은 말했다. "네 몸의 날개를 쓸 것을 왜 생각하지 못하느냐? 내가 너희들에게 두 날개를 준 것은 결코 두 날개를 지고 다니라고 준 게 아니다. 날개를 써서 하늘 높이 날아 오르고 너를 해치려는 짐승으로부터 도망치라는 것이다."

사람은 흔히 자기는 아무 능력도 물려 받지 못했다고 투덜거리기가 일쑤다. 그러나 사람은 자기에게 주어진 능력을 충분히 쓰지 못하고 있는 일이 많다. 그 가장 좋은 예가 사람의 머리이다. 근대 의학이 말하는 바에 의하면 사람은 평생 뇌세포의 극히 일부밖에 쓰지 않고 있다는 것이다.

창세기의 새에 대한 이야기는 머리를 쓰라는 비유에 잘 쓰인다.

자기는 가난하다든가 학력이 없다든가 몸이 약하다거나 배경이 없다고 탄식만 할 것이 아니다. 그래서는 이 이야기에 나오는 새와 다를 바가 없다.

일본에서 경영의 신이라고 추앙받는 마츠시타 코노스케(松下幸之助)는 미국 TIME지가 선정한 지난 천 년간 가장 위대한 기업가로 선정된 사람이다. 그는 하늘이 자신에게 3가지 복을 주었다고 말했다. 3가지를 말하면 가난, 약한 체질, 그리고 무교육이다.

우선 너무나 가난했기에 어릴 때부터 구두닦이나 신문팔이 등 안 해본 일이 없었고 그런 고생을 통해 세상을 배웠다고 했다. 둘째는 나면서부터 너무 몸이 약해 항상 건강에 신경을 쓰고 운동을 한 덕분에 늙어서도 건강을 유지할 수 있었다고 한다.

끝으로 가정 형편이 어려워 초등학교도 못 다녔기 때문에 세상 모든 사람들을 자기보다 스승으로 생각하며 뭐든지 물어보며 배울 수 있었다고 했다. 이렇게 위대한 사람은 자기의 약점을 한탄하지 않는 법이다.

당신에게는 몸도 있고 머리도 있다. 그리고 누구에게나 평등하게 주어지는 시간도 있다. 아인슈타인은 "현재는 어떤 때를 말하는가? 그것은 새로 출발할 수 있는 때이다. 우리가 살고 있는 한 하늘은 우리에게 늘 현재를 주고 있다."고 말했다.

아인슈타인은 탈무드의 애독자였다. 그는 탈무드의 글을 골라 베껴 적었다. 그가 남긴 노트 속에는 "현재는 언제나 미래의 출발점이다."라고 한 말도 씌어 있다.

사람은 흔히 자기의 실패를 남의 탓으로 돌리기 쉽고, 자기는 아무것도 갖지 못했기 때문이라고 변명하며 만족해 버린다. 그러나 그러기 전에 자기가 가지고 있는 것을 점검해 볼 필요가 있다. 누구나 자기가 가지고 있는 것일수록 그다지 쓰지 않는 법이다. 그것을 쓰느냐? 쓰지 않느냐?에 성공과 실패가 달려 있는 수가 많다.

의욕, 용기, 의지, 인내력, 지지 않으려는 마음 등 이와 같이 사람은 많은 무기를 가지고 있다. 그것을 사용하는 법을 알아야 한다.

쓸데없는 수다는
몸을 망가뜨린다

어떤 곳에 이웃사람에 관한 말을 하기 좋아하는 여자가 살고 있었다. 세상에는 어디를 가나 남의 이야기하기를 좋아하는 사람이 있게 마련이지만 이 여자는 좀 도가 지나쳤다. 그래서 도저히 참을 수 없게 된 이웃 아낙네들이 랍비한테 몰려가서 상의하기로 하였다.

"그 여자는 말이죠, 내가 빵은 먹지 않고 과자만 먹고 산다고 말하는 거예요."하고 첫 번째 여자가 말했다. "저는 그저 과자를 좋아한다고 말했을 뿐이지 날마다 삼시 세끼 빵 대신 과자만 먹는다고는 말하지 않았어요. 그런데 그 여자는 만나는 사람마다 그렇게 말하는 거예요."

그러자 또 두 번째 여자가 "그 여자는 내가 아침부터 목욕을 하고 남편이 직장에 나가면 집에서 낮잠만 잔다고 말합니다."하고 호소했다.

또 한 여자는 "그 수다쟁이 여자는 나를 만날 때마다 어머, 부인은 참 아름답군요. 해놓고는 다른 사람을 만나서는 내가 나이 많은 주제에 젊은 사람처럼 요란하게 입고 다닌다고 말하지 뭡니까." 하고 일러바쳤다.

랍비는 한 사람 한 사람의 말에 조용히 귀를 기울여 듣고 있었다. 여자들이 돌아가자 심부름꾼을 보내서 그 수다쟁이 여자를 데려오라고 하였다.

"당신은 왜 이웃사람들에 관해서 있지도 않은 여러 이야기를 지어서 퍼뜨리시오?"하고 랍비가 물었다.

그러자 그녀는 웃으면서 대답했다.

"난 별로 지어서 이야기하진 않았습니다. 실제보다 좀 과장해서 말하는 버릇이 있는지는 모르죠. 하지만 내 말은 사실에 가까운 것이 아닐까요. 그저 말을 조금 재미있게 만들었을 뿐입니다. 수다가 좀 지나쳤는지는 모르겠군요. 제 남편도 그렇게 말하니까요."

랍비는 한동안 생각한 뒤에 방을 나가더니 커다란 자루를 들고 돌아왔다. 랍비가 여자에게 말했다.

"당신은 자기가 수다쟁이라는 것을 인정하고 있소. 그러니 그 치료법을 생각해 봅시다."

랍비는 여자에게 그 커다란 자루를 건네주었다.

"이 자루를 가지고 광장으로 가시오. 광장에 도착하면 자루를 열고 이 속에 들어 있는 것을 길에 늘어놓으면서 집으로 돌아가시오. 집에 닿으면 늘어놓은 것을 다시 자루에 주워 모으면서 광장으로 돌아가시오."

여자가 자루를 받아드니까 뭔가 아주 가벼운 것이 들어 있었다. 대체 무엇이 들어 있을까?하고 그녀는 궁금했다. 여자는 서둘러 광장으로 갔다. 광장에 가서 자루를 열어보니 그 안에는 새의 깃털이 가득 들어 있었다.

그날은 맑은 가을날이었으며 미풍이 가볍게 불고 있었다. 그녀는 랍비가 말한 대로 깃털을 하나하나 꺼내서 길 위에 늘어놓으며 집으로 돌아왔다. 집에까지 오니 마침 자루가 비었다. 이번에는 빈 자루를 들고 집을 나와 길에 늘어놓은 깃털을 주우면서 광장에 가려고 하였다.

그러나 깃털은 바람에 날려 이리저리 흩어져 날아가고 없었다. 그녀는 랍비한테 돌아와서 주운 깃털을 늘어놓으면서 아주 조금밖에 주울 수 없었다고 말했다.

"그럴 것이오."하고 랍비가 말했다. "남의 이야기라는 것은 그 자루 속에 든 깃털과 같소. 한번 입에서 나와 버리면 다시는 돌이킬 수가 없지요."

랍비의 이 기지에 의해서 수다쟁이 여자의 버릇은 고쳐졌다.

그러면 여기에서 유대의 현인들이 남에 대한 지나친 수다에 대해서 어떻게 말하고 있는지 명언들을 살펴보기로 하자.

- 수다스런 혓바닥은 버릇이 나쁜 손보다 더욱 난처하다.
- 귀신을 만났을 때 달아나는 것처럼 남의 이야기로부터 달아나라.
- 남의 흉을 보는 사람이 없으면 세상에는 싸움의 불씨가 없다.
- 남을 칭찬하는 이야기도 입에서 입으로 전하는 동안 흉으로 바뀐다.
- 소문은 친구 사이도 갈라놓는다.
- 남의 험담 ― 이것은 자연의 재앙이다.
- 보지도 않은 것을 입으로 발견하지 말라.

기도란 자신을 저울로
재는 일이다

유대인은 시나이 반도에서 하나님과 계약을 맺었다.
유대인은 사람이야말로 하나님을 따라야 하는 동시에 하나님에
대해서 독립된 존재라고 생각하고 있었다. 그래서 하나님과 계약
을 맺을 수 있었던 것이다.

탈무드에는 "이성은 신과 인간의 중개자이다."라고 말하고 있다.

유대인에게 있어서 하나님은 결코 맹종해야 할 존재가 아니다.
권위에 대해서 맹종하는 것은 유대인이 가장 업신여기는 일이다.

그런데 히브리어로는 신에게 기도한다고 할 때 '기도'에 해당되
는 말이 '히트파렐'이다. 이것은 유럽 나라들의 말과는 다르다. 이
를테면 영어로는 기도를 '프레이(pray)'라고 하는데, 그 말과는 다르

다. '프레이'는 '신에게 부탁하다'라는 뜻이다.

그러므로 다른 힘에 의존하기 쉽다. 그저 신에게 매달리기 위해서 기도해서야 안도감을 얻는 효용밖에 기대할 수가 없다. 하기야 기도하는 것은 자기에게 겸허를 주는 점에서 좋은 면이 있다. 게다가 언제나 감사하는 마음을 간직하고 있는 것이 중요하다. 탈무드에는 "자기가 할 수 있는 일은 신에게 기도해서는 안 된다."고 씌어 있다.

그러나 사실은 안도감을 얻기 위해서 기도하면서 너무 심각하게 된다면 그것은 어린아이들이 인형을 아끼는 것과 같이 되어버린다. 어린 여자아이들은 인형을 너무 아끼는 나머지 인형을 진짜 사람처럼 다루게 된다.

'히트파렐'은 자기를 평가한다, 혹은 자기를 재어본다는 뜻이다. 신의 기대에 자기가 얼마나 따랐는지 자기를 시험해 보는 일이다.

이와 같이 유대인은 신에게 기도함으로써 신에게 어떤 부탁을 하는 것이 아니다. 기도할 때마다 자기의 행위가 얼마나 옳았는가? 세계를 얼마나 개선했는가?하는 것을 스스로 평가해 보는 것이다.

인간은 신에 대해서 기도하는 유일한 동물이다. 그러나 자기가 구하는 것, 갈망하고 있는 것을 신에게 이야기했다고 해서 그것이 기도가 되는 것은 아니다. 그래서는 이기주의에다 신이라는 이름의 향수를 뿌린 것에 지나지 않는다.

자기가 존경할 수 있을 만한 자신을 만듦으로써 비로소 신은 만족한다. 이것은 인간관계에 대해서도 말할 수 있는데, 자기가 존경할 수 있는 자기를 창조하고 나서야 비로소 주위 사람들의 존경을 받을 수 있는 것이다.

"자기 춤 서툰 것은 모르고 악단만 탓한다."

이런 사람은 결코 남으로부터 존경을 받을 수 없을 것이다.

말하는 것보다
남의 말을 두 배 더 경청하라

"말이 너무 많으면 안 된다. 자기가 말하는 두 배를 들어라." 이것은 탈무드에서 가르치는 중요한 교훈이다.

탈무드는 또 말한다. "하나님은 어째서 사람에게 두 귀를 주고 입은 하나밖에 주지 않았을까? 그것은 말하는 두 배를 들으라는 것을 가르치기 위해서이다."

"행복하게 살고 싶거든 코로 신선한 공기를 가득 들이마시고 입을 다물고 있어라."

이 말은 현명한 사람은 자기의 지성을 숨기고 어리석은 사람은 자기의 어리석음을 드러낸다는 경계의 말이다.

우리의 주위를 둘러보자. 말을 잘 하는 사람보다는 듣기를 잘

하는 사람이 더 존경받을 것이다. 듣기를 잘한다는 것은 지성을 나타낸다. 늘 시끄럽게 자기를 주장하는 사람은 어리석은 사람이다. 그러므로 "현자가 미소 지을 때 어리석은 자는 소리 내서 웃는다."는 말도 있다.

이야기하는 방법에도 미소 짓듯 이야기하는 법과 시끄럽게 웃는 것처럼 이야기하는 법이 있다. 만일 침묵이 현자에게 큰 이익을 가져온다면 보통 사람에게는 얼마나 큰 이익을 가져올 것인가! 누구나 자기의 일생을 뒤돌아보면 말없이 가만히 있었던 때를 후회하는 일은 별로 없을 것이다. 무슨 이야기를 해버리고 나서 후회하는 일이 훨씬 많은 법이다.

자기 혓바닥에 침묵을 가르치는 것은 인생에 있어서 커다란 이익이 된다. 탈무드는 "자기의 혀를 보물처럼 신중하게 다루라."고 경계한다. "침묵은 금, 웅변은 은이다."이라고 하는 것도 이 때문이다. 침묵은 지성이 걸치는 황금의 갑옷이다.

물론 필요할 때는 충분히 자기의 의사를 주장하고 표현해야 한다. 그러나 말하는 것을 배우기보다 말을 안 하는 것을 배우기가 더 어렵다.

사람은 누구나 말하고 싶은 욕망을 가지고 있다. 그래서 말을 잘 하는 사람은 늘 다른 사람의 말하고 싶은 욕망을 억누르고 있는 셈이 된다. 그 결과, 상대방은 나중에 후회할 일을 말하지 않게 되기는 하지만 그렇다고 결코 그를 좋아하지는 않는다.

혓바닥은 칼과 같다고 한다. 주의해서 다루지 않으면 남에게 상처를 줄 뿐 아니라 자기도 상처를 입게 된다. 우리는 칼 잘 쓰는 검객이 되어야 한다. 칼은 정말로 필요할 때 말고는 뽑지 않는 것이 좋다.

혀는 눈이나 귀와 다르다. 눈이나 귀는 우리의 의지에 의해서 선택하여 보거나 들을 수 있는 것이 아니다. 그러나 혀는 자기가 온전히 제어할 수 있는 것이다.

그러므로 혀는 본래 훌륭할 수 있는 것이다. 어리석은 사람에 대해서 "그 녀석은 너무 말이 많다."하고 말하는 경우가 많다. 사람은 술을 지나치게 마시거나 과식하는 것은 스스로 주의하지만 말을 지나치게 하는 것은 그다지 주의를 하지 않는다. 그러나 그 위험성은 똑같다.

탈무드에는 "말이 당신의 입 속에 있는 동안에는 당신이 말의 주인이지만 말이 입 밖에 나가버리면 당신은 그 노예가 된다."고 말하고 있다.

또한 "입은 문과 같다."고 말한다. 문은 필요할 때는 열어놓아야 하지만 언제나 열어놓아서는 너무나 위험하다.

사람은 말에 대해 어떤 태도를 취해야 할까? 말은 세는 것이 아니다. 말은 하나하나 그 무게를 달아보는 것이다.

말은 또 약과 같다고 한다. 적당한 양의 말은 이익이 되나, 지나치게 많은 말은 손해가 된다. 탈무드에는 다음과 같은 말조심을 당부하는 말이 많다. 탈무드에 혀를 경계하라는 메시지가 많은 것은 그만큼 자기 혀에 의해서 손해를 입거나 몸을 망치는 사람이 세상에는 많기 때문이다.

- 귀는 처음 듣는 말을 불쾌하게 느끼나 눈은 처음 보는 것에 끌린다.
- 혀는 지나치게 자유분방하다.
- 혀에는 뼈가 없다. 그러니까 조심해야 한다.
- 마음이 혀를 다루어야 하며 혀가 마음을 다루어서는 안 된다.

유대의 회당

인생에는
정해진 레일(길)이 없다

산업화 이후, 현대인들은 물질주의자가 되었다. 물질적으로 탐욕스러워졌다. 모든 것을 얼마나 쾌적하게 사느냐? 얼마나 신제품을 가지고 있느냐? 얼마나 좋은 지위에 있느냐?하는 물질적인 척도로 재게 되었다.

이것은 현대인이 어떠한 이유에서든 정신적인 가치를 경시하게 된 결과이리라.

아니, 그렇다기보다는 정신적인 거점이 없어져 버린 결과, 현대인들은 자신감을 잃고 있다. 그 불안감을 해소하기 위해서 물질에 대해 지나친 관심을 쏟게 된 것이 아닐까? 흔히 정신적으로 불안정한 사람이 술을 너무 마시거나 음식을 너무 먹음으로써 불안에서 벗어나려고 하는 것은 잘 알려진 일이다.

물론 물질적으로 풍부해진다는 것은 나쁜 일이 아니다. 물질적으로 풍부해지면 더 건강한 생활을 할 수 있을 뿐 아니라 질 좋은 교육을 받을 수도 있고, 여가가 늘어나기 때문에 그만큼 자기 계발에 시간을 쓸 수가 있다. 한 마디로 말하면 인생에 있어서 선택을 더 많이 할 수 있게 된다. 물질적인 풍부라는 것은 좋은 것이다.

유대인에게 사람은 하늘과 땅 사이에서 살고 있는 존재라고 생각해 왔다. 우리의 반은 하늘에 속하고 반은 땅에 속하는 존재이다. 그러므로 빵만으로 살아갈 수가 없고 그렇다고 빵 없이 살 수도 없는 것이다.

물질을 무서워하는 것은 올바른 태도가 아니다. 무서워하기 때문에 금욕적인 사람이 된다. 하기야 지난날 가난했을 때에는 우리는 물질을 아끼면서 살아왔다. 금욕과 절약을 하지 않고서는 망할 수밖에 없었다. 이를테면, 산에 오르다 조난당한 사람이 구원의 손길이 오기까지 자기가 가지고 있는 아주 적은 식량을 아끼면서 조금씩 먹지 않으면 생명을 부지할 수가 없는 것과도 같았다. 그러므로 물질이 가지고 있는 힘은 옛날이 더 컸다. 그리고 거의 모든 문화에서는 물질을 무서워하고 금욕적인 태도를 갖게 되었다. 금욕이 하나의 미덕이 되었다.

그러나 무서워하던 것에 한번 굴복해 버리면 그 노예가 되기 쉽다. 그에 비하면 유대인은 결코 금욕적이 아니었으므로 언제나 물질을 도구로서 다루어 왔다. 게다가 자기들의 절반은 하늘에 속해 있다는 것을 잊지 않았다. 절반은 하늘에 속하고 절반은 땅에 속한다고 하는 데서 유대인의 기능감각이 나타나 있다.

물질을 너무 많이 가지면 오히려 불편한 일도 있다. 일을 너무 많이 하면 자기의 시간을 모두 일에 빼앗기는 것과 마찬가지로 물질을 너무 많이 가지면 자기의 시간을 물질에 빼앗겨 버리게 된다. 자가용이나 텔레비전이나 음향기기 혹은 동영상카메라 같은 것은 가지고만 있고 쓰지 않으면 의미가 없다. 그러나 쓰기 위해서는 그것을 상대해야 하고 다루어야 한다. 그 결과, 사람과 접촉하는 시간이 적어지게 된다. 사람과 접촉하는 대신에 텔레비전을 보고 있거나 한다. 둘이서 영화를 보러 가면 영화를 보는 동안은 이야기를 하지 못하게 된다. 물질이 많이 있으면 가난했을 때보다 가족들 사이의 대화도 친구 사이의 대화도 줄어든다.

자기는 스스로 물질을 통제하고 소비하고 있는 줄 알지만 자신도 모르는 사이에 우리는 물질에 의해서 소비되는 일이 많다. 물질이라고 해서 업신여길 것이 아니다. 자기도 모르는 동안에 우리는 물질의 지배를 받고 있는 것이다.

오늘날, 가장 보편적인 청년들의 꿈은 무엇일까? 그것은 좋은 대학교를 나와서 일류기업에 취직하는 일이 아닐까? 왜 좋은 대학교에 들어가기를 바라느냐?하면 이른바 일류기업에 취직하는 데 유리하기 때문이다. 동양에서는 이러한 인생을 '레일을 깔았다'거나 '에스컬레이터를 탔다'라는 표현을 쓴다.

이러한 사람들은 무엇보다도 안정된 생활이 중요하다고 생각한다. 그리고 좋은 집이나 자동차 같은 것이 상징하는 안락한 생활을 하고 싶어 한다. 그러나 산에 오를 때 많은 사람들이 밟아서 다져진 길을 뒤따라가면 보물은 찾을 수 없다.

게다가 학교 시험에서 일류기업의 취직을 거쳐 정년에 이르기까지 레일에 묶이는 생활을 하다 보면 일상적인 인생을 보내게 된다. 인생에는 모험도 있어야 한다. 모험을 체험하는 것은 매력 있는 인간을 만든다. 레일이나 에스컬레이터에 탄다고 해도 레일이나 에스컬레이터에 의해서 자기 일생은 소비되고 만다.

필자가 오랜만에 이스라엘에 돌아갔을 때의 일이다. 텔아비브 대학을 찾아갔을 때 친구인 교수가 이렇게 물었다.

"랍비, 왜 텔아비브 대학이 이 나라에선 가장 지식이 많이 쌓인 학교로 보는 줄 아십니까?"

텔아비브 대학은 이스라엘에서도 가장 좋은 학교로 통하고 있다. 말하자면 이스라엘에서 최고의 일류대학인 것이다.

내가 모른다고 고개를 흔드니 그는 이렇게 말했다.

"신입생이 들어올 때는 많은 지식을 가지고 옵니다. 그러나 졸업

할 때는 아무것도 갖고 나가지 못하기 때문이지요."

위대한 대학이라는 것은 어느 나라 할 것 없이 흔히 이러한 꼴이 되고 있다. 학생들은 명문대학을 졸업했다는 졸업장이 갖고 싶어서 열심히 시험공부를 하다가 일단 들어가고 나면 적당히 때워 맞추면서 나날을 보내기 쉽다.

들어가는 것만이 목적인 학교나, 취직하는 것만으로 목적의 반이 달성되는 생활에 안주해서야 인생이라는 것이 너무나 아깝지 않은가! 들어가는 것만으로 목적의 반이 달성되는 곳에서는 들어가고 난 다음에는 열심히 노력해야 할 동기가 외부에서 없어져버리므로 스스로 자기에게 노력을 기울이는 일이 더욱 필요해진다. 모처럼 인생이란 것을 창조할 기회가 왔는 데도 그것을 힘껏 이용하지 않는대서야 자기를 꽃피울 수가 없는 것이다.

자기의 약점을 숨기지 말고
인정하도록 하라

 유대인은 인간이 약하다는 것을 알고 있으며 그 약점
이 적당히 드러나는 것을 두려워하지 않는다.

유대교에 있어서는 신은 유일신이다. 인류 중에서 유일신을 가
정한 것은 유대인이 처음이었다. 다른 유일신은 기독교와 이슬람
교인데 기독교도 이슬람교도 유대교에서 갈라져 나간 것이다. 말
하자면 분가를 해나간 셈이다. 유대교는 추상력에 있어서 가장 뛰
어났다고 할 수 있다. 유일신은 절대적인 권위가 있었다.

그래서 신이 권위를 독차지해 버리기 때문에 땅 위에는 절대적
인 권위가 있을 수 없다는 신념을 낳았다. 유대인에게는 히틀러도,
스탈린도, 마오쩌둥도 안중에 없다. 권위를 업신여길 수 있다는 것

이 유대인의 힘이 되어 주었다. 오늘날 동양에서 성공한 사람들에게 물어보면 아마 어떤 형태로든 권위에 저항한 사람들이 많이 나올 것이다.

유일신은 절대신이기도 하다. 그러나 유대인은 신에 대해서 불평도 많이 한다. 유대교에 의하면 신은 유대인과의 사이에 계약을 맺어 유대인은 신에 의해서 선택된 민족이라고 규정하고 있다.

탈무드에는 "신은 유대인을 모든 민족 중에서 선택하였다고 하는데 왜 우리를 선택하였을까?"하고 개탄하고 있다. 또 "만일 신이 이 지상에 살아있다면 신의 집은 온전한 유리창이 하나도 남지 않을 것이다."고 쓰고 있다. 사람들이 불평을 터뜨릴 때마다 유리창에 돌을 던져서 모두 깨버릴 것이라는 말이다.

그러나 "신에 대해 질문해서는 안 된다. '대답이 듣고 싶으면 여기까지 올라오라.'하고 말하겠지요."

"신은 가난한 자를 사랑한다. 그러나 부자를 돕는다."

하기야 신도 가만히 있지 않는다. 유대인은 신이 이렇게 말씀했을 것이라고 말한다.

"신은 사람을 3단계로 판단한다. 사람이 젊었을 때는 신은 그들의 과오를 용서한다. 청년기에 이른 후는 그가 어떠한 목표를 가지고 있는지에 의해서 판단한다. 나이를 먹으면 신은 그들이 회개하기까지 기다린다."

"자기 일로 꽉 차 있는 사람 속에는 신이 들어갈 자리가 없다."

탈무드에는 아브라함이 어떤 노인의 천막에 찾아갔을 때의 에피소드가 실려 있다.

이 노인은 우상숭배를 하는 신자였다. 아브라함은 하룻밤 내내 개종을 권유했으나 그 뜻을 이루지 못했다. 그래서 아브라함은 포기하고 자기 집으로 돌아와 버렸다. 다음날 밤부터 아브라함은 노인한테 가지 않았다. 그러자 하나님이 그날 밤 나타났다.

"나는 그 노인이 나를 믿어주기를 70년이나 기다렸다. 그런데 너는 하룻밤도 기다릴 수 없다니 그래서야 되겠느냐?"

필자가 좋아하는 신에 대한 불평에는 이런 것이 있다.

"신은 얼마나 공정하냐? 부자에게는 음식을 주고 가난한 자에게는 식욕을 주니까!"

유대교에는 기독교처럼 '원죄' 의식이 없다. 또 육체는 더러운 것이라는 생각도 없다. 유대교에서는 죄의 종류를 두 가지로 나누고 있다. 신에 대한 죄와 인간에 대한 죄이다. 신에 대한 죄는 랍비의 중개 없이 직접 신의 앞에 가서 참회함으로써 용서를 받는 것이다. 그리고 사람에 대한 죄는 죄를 저지른 상대방에게 직접 용서를 받는 것이다.

유대교의 대축제일인 욤 키퍼(Yom Kippur, 유대의 명절로 속죄의 날)에는 유대인은 단식을 하며 종일 참회의 기도문을 외운다. 이 날은

유대인의 달력에서는 티실리의 달(그레고리력으로 9~10월)의 10일간이
다. 이날 사람들은 회당에 모여 세 사람의 장로가 토라를 읽는다.
죄는 56종류로 나뉘어 있는데 대표가 "신이여, 우릴 용서해 주소
서!"하고 용서를 빈다. 이때 절대로 "나를 용서해 주소서!"라고 말
하지 않는다.

　왜냐하면 유대인은 서로 죄의 책임을 함께 져야 한다고 생각하
기 때문이다. 또 인류가 서로 죄의 책임을 나누어 갖는다는 의미도
있다. 욤 키퍼는 수양의 뿔피리 소리로 막을 내린다.

안식일

인간은 허영심이 많은
바다의 물고기와도 같다

사람은 누구나 자기애(自己愛)가 강한 법이다. 사람은 일생 동안 자기와 로맨스에 빠져 있는 것과도 같다. 말하자면 쉬지 않고 자기에게 아첨하면서 산다고 해도 과언이 아니다.

만일 우리가 아들이나 부하를 대할 때 그 중의 한 사람만 편애한다면 가정이나 회사가 잘 돌아가지 않게 되리라. 이와 같은 말은 자기에 대해서도 마찬가지이다.

우리는 인간 집단 속의 일원으로 살고 있다. 가장 작은 단위는 부부 혹은 애인 관계이다. 그리고 가족, 일터로 집단이 확대되어 간다. 그러나 이러한 속에서 자기만을 편애한다면 다른 사람의 반감을 사게 된다.

자기애는 누구나 가지고 있는 것이므로 어느 정도까지는 서로 피차일반이다. 게다가 자기애는 자기를 아끼는 일이므로 좋은 면도 있다. 자기애라는 토양에서 자존심, 자립심, 향상심이 길러져 나온다. 어디까지나 세계는 자기가 중심이 된다. 그리고 인간에게는 자기가 중심이 됨으로써 더 좋은 세계를 만들 책임이 주어지게 된다. 그러나 흔히 사랑은 맹목이라고 한다. 자기애에 빠지게 되면 다른 사람이 그것을 얼마나 싫어하는지 모르게 된다.

사람은 태어나면서부터 자기중심적이다. 이것은 어린아이를 보면 알 수 있다. 어린아이는 자기밖에 모른다. 그리고 차츰 성장하면서 다른 사람을 위해서 자신이 어느 정도 양보해야 한다는 것을 배우게 된다. 사람은 일생 동안 어른이나 노인이 되지 않고 그저 어린아이가 나이를 먹어갈 뿐이라는 말도 있다. 어른이 자신을 지나치게 아끼는 것은 어린아이가 그러는 것과 다를 바가 없다. 그러나 어른은 갓난아이처럼 자기 자신만을 아껴서는 남들에게 제대로 된 대우를 받지 못할 것이다.

자기애는 인간에게 힘이 되기도 하고 약점이 되기도 한다. 칭찬받고 좋아하지 않을 사람이 어디 있겠는가! 동서양을 막론하고 사람은 허영이라는 바다에 사는 물고기이다. 노먼 메일러는 "자만심이 필요한 사람은 정치가와 프로레슬러와 여배우밖에 없다."고 말하지만, 그렇지 않다. 우리 일상생활 속에서 인간이 얼마나 허영심에 약한 존재인지는 수많은 예를 들 수 있다.

내가 잘못을 저질러도 다른 사람이 용서해 주는 일이 많다. 그러나 주위 사람들이 용서해 주어 그 죄가 사라져도 자기가 스스로를 용서하지 못하는 경우가 종종 있다. 그리고 시간이 흘러도 그 잘못이 생각나면 칼로 베이는 듯 아픔을 느끼게 된다. 아마 독자 여러분들도 그러한 경험이 있었을 것이다.

이러한 잘못은 자기의 허영심에 상처를 주는 일이기 때문에 한 번 상처를 받으면 좀처럼 낫지 못하는 것이다.

미국의 인류학자 루스 베네딕트는 2차 세계대전 시기에 《국화와 칼 The Chrysanthemum and the Sword》이라는 책을 썼다. 이것은 일본인의 성질을 연구한 책이다. 그녀는 일본인들은 죄의식을 갖지 못하는 대신에 수치 의식을 가지고 있다고 말한다. 죄는 개인으로부터 나온다. 죄는 개인 문제인 데 비해 수치심은 주위의 평가에서 나오는 것이다.

부끄러움과 허영심은 서로 상통하는 면이 있다. 필자는 베네딕트의 연구에는 약간의 과장이 있다고 생각된다. 동양인에게도 명예심이 있다. 그것은 유대교도나 기독교인과도 통하는 것으로서 개인이 자기의 죄의식을 물을 책임이 있다고 생각한다. 한편 유대교도나 기독교인 사이에도 죄보다 부끄러움 때문에 자기를 물어뜯는 사람이 많다.

또 한 가지, 인간이 뿌리 깊이 허영심을 가지고 있는 이유를 들어보겠다. 우리는 일상생활을 해나가는 데 있어서 자기를 돌봐주는 사람보다는 자기가 돌보고 있는 사람에게 더 큰 호의를 갖게 마련이다. 여기에도 인간의 약점이 나타나 있다. 그것은 누가 돌봐준다는 것은 자기의 허영심에 상처를 주는 일이기 때문이 아닐까? 자기가 다른 사람 밑에 있다는 것을 인정하고 싶지 않기 때문이다.

자기를 중심에 갖다 놓는 것은 결코 그릇된 일이 아니다. 세계는 자기로부터 시작되는 것이다. 자기애도 건전한 것이다. 인간은 '나'라고 말할 수 있는 유일한 동물이다. 그러나 그 도가 지나쳐서는 안 된다. 그것은 오히려 자기를 지키는 데 있어서 위험하다.

남의 칭찬을 받으면 누구나 기쁘다. 고상한 인격자도 그렇다. 사람은 누구나 다른 사람들의 인정을 받고 싶어 한다. 그래서 사람을 움직이는 데는 그 사람의 자기애를 충족시켜주는 것이 가장 효과적이다. 게다가 사람이 바라는 일을 해주는 것이 친절이기도 하다.

그러니까 아첨하는 것도 때로는 필요하다. 일상생활에서는 상대방이나 상대가 갖고 있는 것을 칭찬해 주는 것이 에티켓으로 되어있다. 그것은 말로 선물을 주는 것과 같다. 사람에게 좋은 선물을 주는 것이 바로 사교술의 하나이다.

그러면 탈무드에서는 아첨의 정도에 대해서 어떻게 말하고 있을까?

"사람을 칭찬해 줄 때는 어리석은 자는 강하게 추켜세워야 한다. 현명한 자는 가볍게 칭찬해야 한다. 이것은 의사가 투약을 하는 경우와 정반대이다. 의사는 강한 사람에게는 강한 약을 조제하고 약한 사람에게는 약한 약을 주지만, 칭찬할 때는 지적으로 강한 자에게는 약하게, 지적으로 약한 자에게는 강하게 말해야 한다."

우리는 사람이 죽으면 고인을 애도하는 말을 아끼지 않는다. 왜 그러냐 하면, 죽은 사람은 이미 경쟁상대가 아니기 때문이다. 그 사람이 성공한 사람이면 그럴수록 살아 있을 때는 부러워하다가 죽어야 비로소 칭찬하게 된다. 또 우리는 노인과 아이들에 대해서는 따뜻하게 대해 준다. 이것은 노인은 과거에 속하고 아이들은 미래에 속하고 있어서 오늘에 살고 있지 않기 때문이다. 우리는 오늘에 살고 있는 경쟁상대에 대해서 따뜻하게 대해주는 일이 드물다.

사람이 성공이라는 산꼭대기에 접근함에 따라서 선망이나 질투 같은 벼락에 맞는 것은 이 때문이다. 탈무드에는 경쟁 상대에 대해서도 생각해주는 마음을 나타내는 인간이 되고, 상대방을 칭찬해주면 자기의 선망이나 질투심이 그만큼 약해진다고 말하고 있다. 특히 상대방이 없는 데서 칭찬해주는 것은 참으로 어려운 일이다.

그래도 라이벌이나 적으로부터 배우는 것이 많다. 탈무드에는 또 "자기애의 가장 좋은 동반자는 겸허와 남을 생각해주는 마음이다."라고 씌어 있는데 참으로 좋은 말이라고 생각한다.

여기서 뉴욕에서 있었던 유머러스한 유대인 이야기를 하겠다.

1965년 11월, 미국 동부 일대가 온통 정전이 되었다. 뉴욕도 이 때는 암흑세계가 되었다. 브루클린에 살고 있는 맥스가 마침 전등을 끼우려고 할 때 정전이 된 것이다. 그의 아내 로지는 창가로 달려갔다. 창에서 내다본 뉴욕 시내는 콜타르를 들이부은 것처럼 온통 까맣게 되었다. 그녀는 슬픈 듯이 말했다.

"맥스, 당신은 큰 일을 저질렀어요. 당신 때문에 뉴욕 시내가 모조리 정전이 되었지 뭐예요."

골고다 언덕으로 가는 순례길(십자가의 길)

지나친 겸손은
교만의 다른 이름이다

겸손은 사람에게 힘을 준다. 그래서 "자기의 나쁜 일을 숨기는 것과 마찬가지로 자기의 장점이나 실적을 감추도록 하라."는 것을 가르쳐주는 것이 중요하다.

"지식의 길을 따라 올라가면 겸손의 꼭대기에 이른다."는 탈무드의 말도 있다.

쥬다 아셀리도 이렇게 썼다.

"정말 현명한 사람은 이런 사람이다. 즉 자신이 어떤 사람을 만나도 상대는 자기보다 뭔가 뛰어난 점을 가지고 있다. 만일 그가 나보다 나이가 많으면 그는 나보다 뛰어날 뿐더러 뛰어난 지혜를 가지고 있다. 왜냐하면 자기보다 좋은 일을 할 기회가 많았기 때문이다. 만일 나보다 젊다면 나보다 죄를 적게 지었을 거라고 존경한다. 만일 나보다 윤택한 생활을 하고 있으면 나보다 더 자선을 많이 했을 거라고 생각한다. 나보다 가난하다면 나보다 더 괴로워하였을 것이라고 생각한다. 나보다 현명하면 그의 지혜에 대해서 경의를 표한다. 만일 자기만큼 현명하지 않다고 생각하면 그는 나보다 잘못을 덜 저질렀을 거라고 생각한다."

그러나 겸손을 자랑해 보임으로써 사람을 감동시키려고 한다면 그것처럼 천박한 일도 없다. 겸손이라는 것은 정말 계산하지 않고 자연히 드러나는 것이어야 한다.

지성이라는 산꼭대기는 겸손이라는 아름다운 눈에 덮여 있다. 미드라쉬에도 "잘 익은 포도는 아래로 드리워진다. 영글지 못한 포도는 높은 데 있다. 위대한 사람일수록 낮은 데로 내려온다."라고 겸손의 중요성을 말하고 있다.

그러나 겸손을 남에게 자랑하는 사람은 교만한 사람이나 다를 것이 없다.

1973년, 제1차 오일쇼크 때까지는 선진 공업국들이 물질의 풍요를 구가하고 있었다. 물질의 부족이란 어디서 부는 바람이냐?고 교만을 부리고 있었다고 필자는 생각한다. 그러던 것이 이후 10년도 못되어 더욱 심각한 석유위기를 맞이했다. 앞서 오일쇼크 때의 교훈을 충분히 살리지 못했던 것이다. 만일 선진국들이 미래를 예

견하여 석유의 부족을 계기로 초인플레에 대한 준비가 되어 있었
던들 이렇게 낭패를 보는 일은 없었을 것이다. 참으로 탈무드가
말한 것처럼 "교만한 왕국에는 왕관이 없다."는 것이다.

8장

조상 대대로부터 물려받은
지혜와 처세

유대인들은 우리와 사고의 관점이나 인식의 차이에서 많이 다른 것 같다. 특히 삶에 대한 자세와 태도에 있어서 유달리 자유분방 하면서도 현명하게 대처한다는 걸 짐작할 수 있다.

가정교육은 물론 도덕, 철학, 처세, 경제관념 등을 한 눈에 파악 할 수 있는 유대인의 율법(토라)에 관한 탈무드 경전은 너무도 유명 하다.

탈무드는 위기의 순간에 펼쳐보게 되는 지혜의 원천이자 불멸의 경전이다.

갈대처럼
유연함을 지녀라

사람이 유연해진다는 것은 중요한 일이다. 신은 흙이라는 같은 재료로 사람을 만들었지만 한 사람, 한 사람이 모두 다르다. 그래서 서로 다른 사람과 어울리려면 유연성을 가져야 한다. 자기 혼자 세계를 차지하고 있는 것이 아니다.

옛날 랍비들은 뼈 둘레에 살이 붙어 있는 것은 중요한 뼈를 지키기 위해서이므로 해파리처럼 살뿐이거나 또는 돌처럼 뼈만 있어서는 안 된다고 생각했다.

랍비 앙켈은 이렇게 말했다.

"언제나 갈대처럼 유연하라. 삼나무처럼 높아지면 안 된다. 갈대는 어느 쪽에서 바람이 불어도 바람에 흔들리다가 다시 원래 자리로 돌아온다. 바람이 그치면 도로 제자리에 설 수 있다.

갈대는 무엇으로 쓸 수 있는가! 갈대는 토라를 쓰는 펜이 된다. 그러나 삼나무는 어떤가! 만일 북서쪽에서 강한 바람이 불면 쓰러지고, 남서쪽에서 바람이 불어오면 또 쓰러진다. 그래서 바람이 그쳤을 때 나무는 쓰러져 있다. 삼나무는 어떻게 쓰여지는가! 집을 짓는 재료가 되거나 또는 장작이 된다.

갈대는 유연하게 산 데 대해서 좋은 여생이 약속되고, 삼나무는 꼿꼿한 생활을 했기 때문에 벌을 받는 것이다."

당신은 무엇을 위해서
살 것인가?

어떤 사내가 곁눈도 팔지 않고 길을 서둘러 가고 있었다. 랍비가 그 사람을 불러 멈추게 하고는 물어보았다.

"어디를 그렇게 급히 가는 겁니까?"

"생활을 따라 가려고 그럽니다." 하고 사내는 대답했다.

"생활을 따라가기 위해 그렇게 서둘러 간다는 말이군요." 랍비가 말했다.

"그러나 생활은 당신의 뒤에 있어서 당신을 쫓아오는 게 아닐까요? 당신은 생활이 쫓아오기를 가만히 기다리고 있으면 되는 겁니다. 그런데 당신은 자꾸 달아나려고 하고 있어요."

일에 열중한 나머지 본래의 인간다운 생활에서 멀어져가는 사람들이 많다. 바쁘다는 것은 얼핏 보아 근면한 것이기 때문에 칭찬할 일로 보이지만 사실은 꼭 그렇지도 않다.

사람은 더러 일손을 쉬고, 도대체 나는 왜 태어났는가? 어떤 사명이 주어져 있는가? 인생의 목표는 무엇인가?하는 것을 생각해 볼 필요가 있다. 그러한 기본적인 것을 생각하는 것은 비록 답을 얻지 못한다 해도 인간에게 깊이를 준다.

현대는 know how(어떻게-방법)의 시대라고 한다. 오늘날에는 갖가지 문제가 상존하고 있다. 그것을 어떻게 하면 해결할 수 있는가?하는 것이 노하우이다. 그러나 오늘날의 사람들은 노하우에 열중한 나머지 know what(무엇을-목적)을 잊어버렸다. know what이라는 것은 사물의 본질을 알려는 것이다.

그리고 know what에 대해서 생각하지 않으면 인생의 목표를 알 수 없다. 편법에만 마음을 빼앗겨서야 주위 사람들의 마음에 호소하는 무엇인가를 가질 수가 없다. know what을 생각하는 사람은 품격 있는 인간미를 가질 수 있게 된다.

참으로 자기를 해방하는 날이
휴일이다

유대인의 가장 큰 특징의 하나로 예를 들 수 있는 것
이 사바스(Sabbath, 안식일)이다. 일주일이 7일이라는 것은 누구나 알
고 있다. 그러나 일주일이 7일이고 그 중의 하루가 휴일이라는 것
이 토라에서 나왔다는 것은 아는 사람은 많지 않다.

창세기에 의하면 하나님은 6일 동안에 이 세상을 만들었다.

"하나님이 지으시던 일이 일곱째 날이 이를 때에 마치시니 그 지
으시던 일이 다하므로 일곱째 날에 안식하시니라. 하나님이 일곱
째 날을 복을 주사 거룩하게 하였으니 이는 하나님이 그 창조하시
며 만드시던 모든 일을 마치시고 이 날에 안식하셨음이더라."(창세기
2:2~3)하고 씌어 있다.

동양에서는 일반적으로 일주일은 일요일부터 시작한다고 생각하고 있으나 원래는 안식일에 끝나는 것으로 되어 있다. 그래서 7일째가 휴일이 되는 것이다. 영어로 말하자면 '홀리데이(holiday)'이다. 홀리데이는 원래 성스러운 날(holy day)이라고 불리던 것이 한 단어로 바뀐 것이다.

성경의 출애굽기에는 "안식일을 기억하여 거룩히 지켜라. 엿새 동안은 힘써 네 모든 일을 행할 것이나, 제7일은 너의 하나님, 여호와의 안식일인, 즉 너나 네 아들이나 네 딸이나 네 남종이나 네 여종이나 네 육축이나 네 문 안에 머물고 있는 객이라도 아무 일도 하지 말라."(출애굽기 20:8,9,10)하고 명했다. 유대인은 이 명령을 지켜왔다. 이것이 유대인으로서 큰 힘이 되어온 것이다.

이 안식일은 사바스라고 불리는데, 금요일 저녁부터 토요일 일몰 직전까지 꼭 하루 동안 계속된다. 이스라엘은 이 기간 동안을 휴일로 삼아왔다. 유대인이면 유대교에 의해서 이 24시간 동안은 업무에 대한 이야기를 해서는 안 되고 업무에 대해서 생각해도 안 된다. 업무에 관한 책을 읽어도 안 되며 또 업무에 관계되는 계산 같은 것을 해도 안 된다. 우선 무엇보다도 식사준비를 하는 것도 금지되어 있다. 그래서 금요일 해 지기 전에 만들어 놓은 음식을 불을 붙여놓은 난로 위에 얹어 놓는다. 불을 붙이는 행위도 금지되어 있다. 이것은 담배를 피우는 유대인으로서는 매우 괴로운 일이다. 물론 전날부터 담뱃불을 붙여 놓았다면 상관이 없겠지만, 그런 긴 담배가 없으니 유감스럽다고나 할까! (이교도가 붙여주는 담배라면 피워도 괜찮을지 모르지만...)

또한 이 날은 교통수단을 이용해서도 안 된다. 그래서 친구의 집을 찾아가려면 걸어서 가야 한다. 그렇지만 일을 위해서 아무래도 이 금지사항을 깨지 않으면 안 되는 사람은 용서된다. 세상에는 그러한 직업에 종사하고 있는 사람들도 많은 것이다.

이 날은 신성한 날이다. 그리고 참으로 쉬는 날이다. 여자들은 이 날이 시작되기 전에 집안의 모든 것을 정리하거나 깔끔하게 청소를 해두고 이 날을 위해서 맛있는 음식을 장만해둔다. 마치 동양의 설날과도 같다. 전통을 존중하는 유대인의 가정이면 매주마다 명절이 있는 셈이다. 참 즐거운 일이 아닐 수 없다.

그래서 사바스가 가까워지면 그러한 유대인의 집은 온 집안이 반들반들 빛난다. 금요일 저녁의 식사는 일주일 동안의 식사 중에서 가장 성찬이다.

안식일이 시작되기 전에 먼저 목욕을 한다. 사바스를 위해서는 몸을 깨끗이 해야 한다. 그런 뒤에 가장 좋은 옷을 꺼내 입고 가족이 모두 함께 예배당에 간다. 집으로 돌아오면 테이블 위에 촛불을 켜고 특별한 와인도 나온다. 남편은 아내가 얼마나 아름다운지 칭찬하는 말을 성경의 구절에서 골라 읽는다. 그리고 이튿날부터 시작되는 일주일이 더 좋은 일주일이 되기를 모두 함께 기도한다. 그런 뒤에 가족 전원이 모두 사바스를 찬양하는 노래를 부른다.

대체 독자 중에는 몇 사람이나 참된 휴일의 뜻을 알고 있을까? 참으로 쉰다는 것은 어떠한 일일까? 사바스 날에는 일을 해서는 안 되지만 그 대신 가족이 일을 떠나 서로 여러 가지 이야기를 주고받는다. 아버지는 아이들의 공부를 돌보아주고 학교에서 어떤 것을 배우는가?를 아이들에게 물어본다. 이 날은 아버지와 아들의 대화의 날이기도 하다. 사람에게 있어서 일은 유익한 것이기도 하다. 그러나 일만 하고 있다가는 인간다움을 잃게 된다. 사바스 날에는 친구끼리 서로 방문한다. 그러나 여기서 유대인의 휴일이 독특하다는 것은 친구끼리 만나서도 업무에 대한 이야기를 해서는 안 된다는 점이며, 인생관이라든가 인간성이라든가 혹은 예술 같은 이야기를 하게 된다. 참으로 일로부터 해방되어 있는 것이다.

탈무드에는 "휴일이 인간에게 주어진 것이지 인간이 휴일에게 주어진 것이 아니다."라고 씌어 있다. 이것은 필자가 좋아하는 말이다. 휴일에도 일에 대해서 고민하는 사람들, 자기 집에까지 일을 가지고 와서 일요일에도 일을 붙들고 있는 사람은 불행하다. 또는 휴일에도 일하는 날과 똑같이 정력적으로 노는 사람이 있다. 그러나 휴일은 쉬어야 하는 날이다.

유대인 중에는 알코올 중독자나 가정불화나 혹은 노이로제 환자가 극히 적다. 이것은 각 민족과 비교해 본 통계로부터 밝혀진 것이다. 이것은 사바스 덕택이 아닐까? 유대인은 쉬는 방법을 알고 있다. 그것은 인생을 풍부하게 하는 뛰어난 기술(노하우)이다.

일주일 중에서 하루를 온전히 긴장으로부터 해방된다는 것은 얼마나 부러운 일인가! 독자들도 참고로 해주었으면 싶다.

동양인은 아무래도 쉬는 것이 서투른 것 같다. 오늘날 동양이 물질적으로 상당히 풍부해졌다고 해도 1주일 동안, 혹은 2주일 동안 계속해서 쉬는 사람은 드물다. 이것은 사회가 풍부하게 된 것이 극히 최근의 일이어서 홀리데이의 새로운 습관이 아직 뿌리를 내리지 못한 때문이겠지만 말이다.

어느 파티에서 필자는 역사학자를 만났을 때, 옛날에 동양에는 일요일이 없었는데 동양인은 언제 쉬었느냐?고 물어본 적이 있었다. 그러자 대부분의 동양인은 추석이나 설날이나 혹은 그 밖에 몇몇의 명절 밖에 쉬지 않았다고 말했다. 이 학자는 그러므로 동양인은 역사적으로 쉬는 법을 모르는 사람들이라고 덧붙이는 것이었다.

그래서 동양에서는 '대를 위한 소의 희생'이라든가 '멸사봉공(滅私奉公)'이라는 것이 오늘날에도 미덕이 되고 있다. 그러므로 자기를 창조하는 휴일 같은 생각이 믿어지지 않는 것인지 모른다.

홀리데이는 흔히 휴일이라고 번역되지만 아무것도 하지 않는 날이 아니다. 또 그저 일을 하지 않는 날도 아니다. 이 날은 사람이 본래의 모습을 되찾는 성스러운 날인 것이다. 필자의 일본인 친구 중에 등산을 하는 사람이 있었다. 그 일주일 동안은 신문도 읽지 않는다. 그리고 자연과 접촉하면서 자기를 바라본다. 그의 말에 의하면 신문을 읽지 않으면 참으로 마음이 즐겁다는 것이다. 신문은 나무를 으깨어 펄프로 만들어서 그 종이에 찍어내는 것인데, "그처럼 아름다운 나무가 보기 싫은 신문이 되다니 사람의 죄는 깊기도 하다."라고 말하는 것이었다. 1년에 일주일이든 일주일에 하루든 세속을 떠나 자기를 인간으로서 바라보는 것은 새로운 인간을 만드는 일이 된다.

탈무드에는 "쉬는 방법에 의해서 그 사람을 알 수 있다."는 말이 있는데 휴일은 이처럼 중요한 것이다.

사람을 재는
척도

 랍비 이츠하크는 이렇게 말했다.

"당신이 정말로 신을 사랑하는가?의 여부는 당신이 친구를 얼마나 사랑하는가?에 달려 있다."

그리고 여기서 구약성경에 있는 한 이야기를 소개하겠다.

옛날, 전쟁이 오래 계속되었기 때문에 대단히 고통을 받는 나라가 있었다. 쳐들어오는 적에 맞서 싸우던 장군이 싸움에서 패전의 고배를 마셨다. 왕은 그 장군을 해임시켰을 뿐 아니라 나라에서 추방하고 다른 장군을 그 자리에 앉혔다.

왕은 전임 장군이 나라를 배반하지는 않았는가?하고 의심하였다. 그가 정말 이 나라를 사랑하고 있었는가? 혹은 미워하고 있었는가? 왕은 알고 싶었다. 그러는 동안에 왕은 겨우 그 장군의 충성심을 재는 척도를 찾아냈다.

"만일 내가 의심하는 그가 자기 뒤를 이은 사람의 승전(勝戰)을 진심으로 기뻐한다면 그는 믿을 만하다. 그러나 후임 장군의 발목을 잡는 언행을 한다면 그의 죄를 처벌할 것이다."

신은 사람이 자기 속에 들어앉은 사악한 마음과 싸우도록 사람을 창조하였다. 오늘날 많은 사람들은 사악함과 싸워 신을 사랑하고 있다. 그러나 이 힘겨운 싸움에서 거꾸러지는 사람도 있다. 인간의 가치는 이웃의 행복을 진심으로 기뻐하는 능력을 가지고 있느냐?에 의해 평가될 수 있다.

자기가 행복감에 젖어 있을 때 함께 기쁨을 나누어 줄 이웃이 있으면 얼마나 즐거울까! 이 에피소드는 단지 1대 1의 인간사회에서뿐만 아니라 보편적인 인간애의 자세를 가르쳐 주고 있다.

여기에 친구나 우정에 대한 유대의 명언을 소개하려고 한다.

• 결점이 없는 친구를 가지려는 사람은 평생 동안 친구를 가질 수 없다.
• 가장 좋은 친구는 거울 속에 있다.
• 계단을 내려갈 때는 아내와 함께, 계단을 오를 때는 친구와 함께 하라.
• 좋은 친구는 오래된 포도주와 같다. 아무리 시간이 지나도 향

기가 사라지지 않는다.

•한 잔의 포도주가 백 명의 친구를 만든다.

•아름다운 아내를 가졌다는 것은 악한 친구를 가진 것과 같다
고 생각하라.

탈리트(기도용 숄)

좋은 사람을 만나면
그를 곧바로 모방하라

한 조각의 금속을 손에 들었다고 하자. 쥐어보면 그
것은 단단하다. 얼핏 금속은 죽어 있는 것처럼 생각될지도 모른다.
그러나 금속의 내부에서는 미립자(微粒子)가 활발하게 움직이고 있
다. 이 작은 알갱이들에게는 그것들만의 법칙이 있고, 그 법칙에 따
라서 바쁘게 운동하고 있는 것이다. 가령 금덩어리에 대고 강하게
밀어 보자. 잠시 시간이 지나 떼어 본다. 물론 겉으로는 이 금속에
아무 변화도 없어 보인다. 혹은 쇳덩어리에 대고 세게 밀어 보는
것도 좋다. 그리고 나서 떼어 본다. 금속의 덩어리는 전과 아무것
도 달라진 것이 없다. 그러나 과학자가 자세히 보면 그렇지 않다.
서로 다른 금속끼리 닿았다면 미묘한 변화가 일어나고 있는 것이

다. 약간의 금, 혹은 철의 미립자가 다른 편 미립자의 구조 속으로 들어가 영향을 미치고 있는 것이다.

그러므로 필자는 인간과 인간이 만났을 때도 마찬가지 일이 일어날 수 있다고 생각한다. 당신의 일부가 상대방 속으로 들어가고 상대방의 일부가 당신 속으로 들어오는 것이다. 헤어지면 서로 아무 영향도 받지 않았다고 생각할지 모른다. 그리고 얼마가 지나면 상대방의 얼굴도 상대방의 이름도 잊어버리게 되는 경우도 있다. 그러나 그 금속 덩어리 두 개가 서로 강하게 접촉했을 때와 같이 두 사람 사이에는 미미하나마 어떤 변화가 일어나고 있다. 서로 이름이나 얼굴은 잊었지만 당신 속의 어딘가에 그의 일부가 남아 있는 것이다.

이러한 것을 생각해보면 정말 무섭다. 당신이 미워하는 사람, 무서워하는 사람, 혹은 싫어하는 사람들도 당신 속으로 들어오는 것이다. 그러므로 만나는 사람에게 어느 정도의 시간을 주느냐? 어디까지 휩쓸려 갈 것이냐?하는 점을 신중하게 생각해야 한다. 금속과 금속이 서로 영향을 주듯 사람 사이에서도 마찬가지 일이 일어난다.

사람은 서로 영향을 주고받는다. 사람은 혼자서 성장할 수도 없고 혼자서 타락할 수도 없다. 자기와 맞는 사람을 찾는 것은 인생에 있어서 중요한 일이다.

좋은 사람을 만나면 그를 모방해야 한다. 모방하는 것을 부끄러워해서는 안 된다. 사람은 누구든 좋은 것을 모방하면서 성장해간다. 뛰어난 예술가나 작가는 모두 처음에 모방함으로써 자기 실력을 기르고 향상시킬 수 있다. 그리고 인간은 아무리 모방을 해도 그 사람이 될 수 없으므로 그 위에 서서 뻗어나가면 되는 것이다.

모방하려면 아주 뛰어난 사람들을 모방하는 것이 좋다. 어차피 인류가 진보하는 것은 선배의 업적을 이어받을 수 있었기 때문이다. 학습은 어쩌면 모방하는 일이다.

하긴 인간은 모방하려는 의지가 있든 없든 상관없이 금속덩어리처럼 서로 영향을 주게 마련이다. 그러므로 자기가 교제하는 사람들에 대해서는, 특히 젊었을 때는 조심하지 않으면 안 된다. 그리고 자기에게 결점이 있다면 자기의 반생을 되돌아보면 바람직하지 못한 친구로부터 감염된 것이 많다는 것을 알 수 있을 것이다.

개와 놀면
벼룩이 옮는다

"완전한 친구를 구하는 자는 한 사람의 친구도 갖지 못한다."라는 격언이 있다.

우리는 친구에게도 자기의 불완전을 용납하도록 해야 한다.

"당신이 가장 기댈 수 있는 친구는 거울 속에 있다."

이것은 자기를 말한다.

"좋은 것, 그것은 옛 친구와 오래된 술이다."

필자는 여기에 나이 든 아내와 집에서 기르는 개를 덧붙이고 싶다.

"친구는 꿀과 같은 것, 모두 핥으면 안 된다."

친구가 고맙다고 해서 매달리려고 하면 안 된다.

"향수 가게에 가면 아무것도 안 사도 좋은 향기가 몸에 밴다."

혼자 잘해서 출세하는 사람은 없다. 주변에 좋은 인간관계를 맺고, 좋은 친구를 가지면 자기도 진보한다. 우정에 대한 유대인의 격언을 소개하려고 한다.

- 옛 친구 한 사람을 새 친구 열 사람보다 아껴라.
- 자기가 없어도 친구가 살아갈 수 있다고 생각하는 자는 친구를 가지고 있다. 그러나 자기가 없으면 친구가 살아갈 수 없다고 생각하는 자는 친구를 가지고 있지 않다.
- 친구가 없는 자는 한 팔밖에 없는 인간과 같다.
- 친구에는 세 종류가 있다. 빵과 같은 친구는 늘 필요하다. 약과 같은 친구는 가끔 필요하다. 그리고 병과 같은 친구는 될수록 피하라.
- 친구를 수렁에서 건질 때는 자기에게 흙이 묻는 것을 두려워하지 말라.
- 철새 같은 친구를 사귀면 안 된다. 계절이 추워지면 날아가 버린다.
- 개하고 놀면 벼룩이 옮는다.

  (우리말에도 근묵자흑(近墨者黑)이란 사자성어가 있다.)

먼저 자기 자신에게
엄격하라

사람들이 가장 저지르기 쉬운 잘못은 무엇인가? 잘못 중에서 가장 전형적인 잘못은 무엇이냐?는 뜻이다.

그것은 자기가 뭔가 좋은 일을 하지 않아도 누군가 다른 사람이 해줄 테니 사회는 저절로 잘 돌아갈 것이라고 생각하는 일이다. 이것은 비겁한 태도이다. 기생충과 같은 태도가 아닌가! 자기가 시정하지 않는 한 결코 사회는 잘 돌아갈 수 없다.

좋은 가족관계를 갖고 싶다, 가정생활에서도 성공하고 싶다, 좋은 지역사회를 만들고 싶다, 좋은 나라를 만들고 싶다 등과 같은 말을 하면 거의 대부분의 사람은 "나도 그렇습니다."하고 대답할 것이다. 대부분의 사람들은 좋은 가족, 좋은 지역사회, 좋은 일을 창출하고, 좋은 나라를 만들려면 어떻게 하면 좋은지 알고 있다.

그러나 그저 방법만을 알고 있어서는 아무런 의미도 없다. 무엇이 좋은지, 무엇이 나쁜지 판단할 수 있는 것만으로는 충분치 못하다. 또 다른 사람에게 좋은 일을 하자고 호소하는 것만으로도 충분치 못하다.

우리는 다른 사람의 잘못이나 부정에 대해서는 매우 민감하다. 그러나 자신에 대해서는 너그럽다. 자기만은 특권이 있다고 생각하는 것이다. 자기의 변명을 가장 잘 들어주는 것은 자기 자신이다. 우리는 아내나 자녀들, 동료, 혹은 윗사람, 그리고 주위 사람들에 대해서 엄격한 기준을 요구하기 쉽다. 그러나 보통 때 자신에게도 그러한 것을 요구하고 있는 것일까? 가장 전형적인 잘못은 자기가 본보기를 보이는 일이 없으면서도 다른 사람들이 좋은 일을하게 될 것이라는 생각이다.

좋은 가족은 무엇인가? 좋은 가족의 구성원이 서로 좋은 영향을 끼치는 가족이라고 본다. 부모와 자식도 함께 성장하고 자기표현을 더 잘할 수 있는 환경을 서로 힘을 모아 만드는 가족이다. 다만 가족으로서 존재하기만 해서는 충분하지 못하다. 서로 상대방으로부터 자유를 구하기만 해서야 아무것도 안 된다. 좋은 가족이란 함께 자라고 꽃피우는 가족을 말한다.

좋은 가족을 만들기 위해서는 창조적인 노력이 필요하다. 가족은 말할 것도 없이 피를 나눈 사람들이다. 그렇다고는 하지만 각각의 구성원은 개성을 가지고 있다. 자기 나름의 이해관계도 가지고 있다. 그러므로 서로 관용과 인내심을 가지고 대해야 한다. 그러나 무엇보다도 자기가 좋은 일을 하는 본보기를 보여줄 것을 늘 생각해야 한다.

행동으로 본보기를 보이는 것이 가장 좋은 교육이다. 좋은 행위도 나쁜 행위도 전염된다. 본보기를 보이기 위해서는 자신의 가치관이 확립되어 있어야 한다. 솔선해서 본보기를 보일 수 있는 사람은 상대방이 모르더라도 묵묵하게 본보기를 보이고 있으면 언젠가는 사람들이 따라오는 법이다. 그 사람이야말로 자기의 가치관이 확립되어 있는 사람이다. 다른 사람에게 맞추어서 부화뇌동해서는 본보기를 보일 수 없다.

본보기를 보이는 많은 사람들은 역사에 의해 기억되지 않을지도 모른다. 그러나 오늘날 이 세상이 조금이라도 따뜻하고 살기 좋은 면이 있다고 하면 그것은 이러한 이름 없는 사람들이 남긴 유산 덕택이다.

히브리어로 1은 '에하트'라고 하는데 이것은 숫자 1을 의미할 뿐 아니라 '독특하다'는 의미를 가지고 있다. 즉, 자기가 1이 되도록 노력해야 한다는 것이다. 1은 가장 명예로운 숫자이다. 모범은 자기로부터 시작되어야 한다.

우선 좋은 가족관계를 만드는 데서부터 시작하자. 좋은 가족을 창조하는 것은 가족뿐 아니라 좋은 일, 좋은 지역사회를 만드는 것과도 상통한다.

참된 지도자란 무엇인가? 그것은 모범을 보일 줄 아는 사람이다. 처음 시작할 수 있는 사람이다. 둘째 번부터는 따르는 사람이 되는 것이다.

탈무드에도 지도자나 리더십에 대해서 이렇게 쓰고 있다.

• 몸은 머리를 따른다.

• 선장을 잃은 배는 키를 잃은 배이다.

• 높은 지위에 오르는 자는 그러한 지위를 노린 자가 아니다.

• 비난에 대하여 미소로 대답할 수 있는 사람은 리더가 될 만한 자격이 있다.

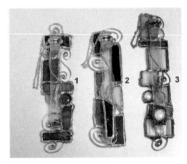

메주재(율법 구절을 넣는 통)

마음을 헤아릴 줄 모르면
친구가 아니다

러시아의 세소프에 산 적이 있는 랍비가 제자들을 앞에 앉히고 이렇게 말하였다.

"나는 이웃을 사랑하는 것이 어떻게 해야 하는지 두 시골 사람의 대화를 엿듣고 나서야 비로소 알게 되었다. 한 남자가 '지금 너는 나의 친구인데 나를 아끼느냐?'하고 물었다. 상대방 남자는 '물론 너를 아낀다.'하고 대답했다. 그러자 먼저 남자가 '내가 아픔을 느낄 때 너는 그것을 아느냐?'하고 물었다. 그러자 나중 남자가 '네가 아플 때 왜 아픈지 내가 어떻게 알 수 있느냐?'하고 물었다. 먼저 남자는 '만일 무엇이 나를 괴롭히는지 알지 못한다면 어떻게 나를 아낀다고 말할 수 있느냐?'하고 말했다."

랍비는 제자들에게 "이 이야기를 알겠는가?"하고 물었다. "정말로 사람을 아낀다는 것은 어째서 그 사람이 괴로워하는지 아는 일이다."

사람이 일생 동안 친구를 필요로 하는 것은 누구나 알고 있다. 또 건강하고 일을 많이 할 수 있을 때는 친구와 인생을 함께 즐긴다. 곤란한 시기에는 친구의 도움을 필요로 한다. 몸이 쇠약할 때는 친구의 보살핌을 받아야 한다.

우리말에도 붕우유신(朋友有信)이라는 말이 존재하지 않는가!

훗파(결혼식용 장막)

자발적이라면
성공할 가능성이 높다

"성공도 실패도 모두 버릇이다."라는 동유럽 유대인의
속담이 있다.

이것은 뜻이 깊은 말이다. 근면과 인생에 있어서의 성공은 표리
의 관계에 있다. 우선, 근면하기 때문에 성공한 사람은 있어도 게
으르기 때문에 성공한 사람은 없을 것이다. 물론 근면하다고 다
성공하는 것은 아니다. 그러나 뭐니 뭐니 해도 열심히 일하는 것은
성공을 다짐하는 기본적인 조건이다. 성공에는 고생이 따르게 마
련이다. 선사시대 사람들을 생각해보자. 불을 피우기 위해서는 오
랜 시간을 걸려서 나무나 돌을 비벼야 했다. 과일을 따기 위해서는
높은 나무에 올라야 했다. 성경의 시편에 "눈물을 흘리며 씨를 뿌

리는 자는 기쁨으로 거두리로다."(시편 126:5)하고 노래 부르고 있다.

그러나 근면이나 게으름은 그 사람의 본성에 따라서 그렇게 되기보다 습성으로 인하여 그렇게 되는 경우가 더 많다. 물론 어렸을 때의 가정환경이나 교육도 큰 영향을 준다. 하지만 물이 높은 데서 낮은 데로 흐르는 것처럼 사람도 괴로움을 피해서 편한 쪽으로 향하기 쉽다.

게다가 근면에는 두 가지 종류가 있다. 외부에서 강요하는 근면과 스스로 행하는 근면이 그것이다. 예전에 가난했을 때 사람들은 논밭이나 작업장에서 오랫동안 열악한 노동조건 아래서 기계적으로 일했다. 생활의 필요에 의해서 강요되었기 때문이다. 그렇게 하지 않으면 먹고 살 수가 없었던 것이다.

근면만 가지고는 성공하지 못하는 경우는 그것이 외부에서 강요된 근면이기 때문이다. 중국이나 동남아시아의 농민들은 선진국의 사람들이 와서 보면 몸서리가 쳐질 정도로 오랜 시간을 논밭에 달라붙어서 일해도 생활이 넉넉하지 못했다. 그것은 외부의 강요를 받고 일하기 때문이다.

직장인이 윗사람의 명령에 따라 야근까지 하면서 애쓰는 것도 외부에서 부과하는 근면이다. 이러한 근면은 밖에서의 압력이 없어지면 아무것도 남지 않게 된다. 주부가 가사에 부지런히 애쓰는 것도 외부에서 요구하기 때문이다. 그래서 근무처에서 정년이 되어 은퇴해 버리거나, 주부의 경우에 아이들이 독립해서 나가버리면 할 일이 없어진다. 그저 망연히 세월을 보내는 것은 그 때문이다.

스스로 자발적인 근면은 자기의 것을 낳는다. 한 걸음, 한 걸음씩 자기를 기르게 된다. 그리하여 시간이 지남에 따라 자기의 가치관을 확립하게 된다. 그러나 자기에게 과한 근면도 습관인 경우가 많다.

어떤 외국어라도 좋지만 영어를 배우는 일을 예로 들어보자. 아침에 30분 일찍 일어나서 1년 동안 영어를 공부하여 기초를 익혔다고 하자. 사실, 내 친구 중에는 그렇게 한 사람이 있다. 그는 집이 좁았기 때문에 아침마다, 날씨가 따뜻한 때는 옥상으로 올라가 녹음기를 이용하여 자습하였다. 또 자동차를 가지고 있었기 때문에 겨울에는 차 안에 들어가서 했다고 한다.

1년 후 그의 영어는 몰라보게 유창해졌다. 그 결과, 회사 안에서 실시하는 시험에 합격하여 지금은 런던 지점에서 근무하고 있다.

필자는 그에게 어느 때가 가장 괴로웠느냐고 물어보았다. 그의 대답은 공부를 시작한 지 처음 한 달 동안이 가장 괴로웠으며 한 달이 지나니 자연스럽게 습관이 되었다고 한다. 그러니 속담처럼 새로운 버릇을 자기에게 붙이는 것이 성공의 실마리가 된 것이다.

시간은
결코 돌이킬 수 없다

젊었을 때는 시간이 귀중하다는 것을 잘 모른다. 아이들은 시간감각을 가지고 있지 않다. 그러나 성장함에 따라서 시간이 재산이라는 것을 알게 된다. 금전이나 시간 개념도 어른이 되어야 비로소 익히게 된다.

흘러간 시간은 돌이킬 수 없는 것이다. 그것을 알고 있으면서도 우리는 시간을 허비하려 한다. 그러나 만일 시간을 유익하게 쓰지 않고 있다면 시간이 우리를 망치는 것이다. 그렇게 되면 시간이 우리를 지나가는 것이 아니다. 우리가 시간을 지나가는 것이 된다. 시간은 빠르고 값비싼 짐승과도 같다. 그것을 잘 잡은 사람이 성공한다.

사람이 동물과 다른 것은 사람은 시간을 알고 있으며 그것을 어떻게 쓸까? 미리 계획하는 데 있다. 동물에게는 지금 현재밖에 없다. 그들은 '지금'을 쓰는 것밖에 모른다. 그러나 같은 인간이라도 현재만 생각하고 사는 사람과 미래를 생각하고 사는 사람 사이에는 큰 차이가 있다.

　우리는 때를 한 번밖에 체험하지 못한다. 만일 우리가 인생을 두 번 살 수 있다면 아주 다른 사람이 되어 있을 것이다.

랍비(율법을 가르치는 교사)

자기만의 독특한 개성은
사람을 끌어당긴다

누구나 다 자기를 아껴야 한다. 정말로 자기를 존중하고 성실하게 행동할 때 개성이라는 것이 생겨난다. 그리고 개성을 통해서 세계에 공헌할 수가 있다. 개성을 기르는 것은 인간의 의무라고 할 수 있다.

앞에서도 말한 것처럼 히브리라는 말의 의미는 '강 건너편에 서 있다'는 뜻이다. 반대하는 것을 무서워해서는 안 된다. 그리고 남들이 자기에게 반대하는 것을 용납해야 한다. 왜냐하면 서로 다른 것이 서로 겨룸으로써 새로운 것이 태어나기 때문이다. 세계가 언제나 똑같기만 하면 진보가 있을 수 없다.

탈무드도 많은 랍비들의 언동을 기록한 책이다. 말하자면 현명한 사람들의 대화를 몇 백년 동안이나 기억에 저장해서 정리한 것이 유대인의 지혜를 모은 대사전이 된 것이다.

탈무드에서는 "만일 모든 사람이 한 방향으로 향해 간다면 세계는 기울어져 버릴 것이다."라고 가르친다. 모두 똑같다면 세계는 제대로 돌아갈 수 없다.

개성이 얼마나 중요한 것인지 독자여러분에게 알기 쉬운 예를 한 가지 들어보겠다.

동양에는 다방이 많다. 다방은 보통 주위 백여 미터 범위의 손님을 상대로 영업하고 있다. 왜냐하면 상권이 좁기 때문이다. 직장인이 점심식사 하는 레스토랑 역시 상권이 좁아서 근처의 근무처에서 손님들이 와서 식사한다.

그러나 그 레스토랑이 특색이 있고 전문화되어 있는 가게라면 그것이 도시 중심지에 있거나 멀리 변두리에 있거나 장소에 관계없이 멀리에서도 사람들이 몰려들게 된다. 그러한 경우, 상권이 넓어지게 된다. 손님이 멀리에서 찾아가니까 상권이 넓은 것이다.

사람도 마찬가지다. 정말로 개성이 있는 사람은 자기의 영향권이 넓게 된다. 그 사람의 개성을 찾아 멀리서 사람들이 찾아오는 것이다.

여기서 아인슈타인의 예를 들 것까지는 없지만 아인슈타인은 전세계가 그의 영향권이었다. 사람에게 있어서 '상권'이라는 것은 그 사람이 개성을 어떻게 닦느냐?에 달렸다.

개성 있는 사람은 다른 사람들로부터 관심을 받게 되는 동시에
부러움의 대상이 되는 것이다.

이스라엘 성지

9장

도덕적 삶에서 얻어지는
가치와 척도

성경에 의하면 우리 인간은 저마다 본디 원죄를 짓고 태어났다고 한다. 그러나 인간이 지은 죄에 대해서는 자신이 책임을 져야하며, 마땅히 그 죄값을 지불해야만 한다.

우리가 살다보면 구약성경에 나오는 "죄는 미워하되 사람은 미워하지 말라."라는 격언이 원망스러울 때가 한두 번이 아닐 것이다. 자기도 모르게 부지불식간에 행해지는 수많은 악행들로 인하여 인간은 마치 선악의 대결구도를 연상케 할 정도로 지구상에는 이념이나 종교적인 갈등과 대립이 첨예하게 전개되고 있다.

누구나 죄를 지으면 윤리적이거나 법적인 처벌이 불가피하다. 따라서 인간에게 있어서 종교의 역할은 우리가 상상하는 것, 그 이상의 가치를 지니고 있는 것이다.

향유보다 더 고귀한
선행을 베풀어라

옛날에는 향유가 매우 비쌌다. 성경에도 "선행은 비싼 향유보다 더 고귀하다."라고 씌어 있다.

- 품질 좋은 향유는 아래로 드리워지지만 선행을 통해서 얻은 명성은 위로 솟는다.
- 값비싼 향유는 일시적인 것이지만 선행은 영구히 남는다.
- 값비싼 향유는 소비되어 버리지만 선행은 사라지는 법이 없다.
- 향유는 돈으로 사야 하지만 선행은 거저 할 수 있다.
- 향유는 살아 있는 자에게밖에 도움이 안 되지만 선행은 죽은 뒤에도 남는다.
- 향유는 부자만 살 수 있지만 선행은 가난한 자나 부자도 행할

수 있다.

•향유의 좋은 향기는 집안을 채울 수 있지만 선행은 온 나라에
알려질 수 있다.

탈무드에는 이렇게 씌어 있다.

그러나 선행을 권하면 도덕을 강조하고 있는 것처럼 들릴지도
모른다. 혹시 처세술을 해설하는 이런 책에는 어울리지 않는다고
느끼는 독자가 있을지도 모른다. 그러나 선행을 쌓는 사람은 다
른 사람들이 신뢰하고 호감을 가지며 그리워한다. 왜냐하면 선행
은 성의가 없으면 할 수 없고, 또한 사람들은 성의를 높이 평가하
기 때문이다.

자신의 책임을
남의 탓으로 돌리지 마라

세계가 온통 부정으로 가득 차 있기 때문에 우리는 기분이 꺼림칙할 때가 많다. 그래서 부정에 대항하여 싸우기보다는 타협하는 것이 낫지 않을까?하는 생각이 들 지경이다.

그러나 만일 당신이 지쳐 있다면 잠깐 다른 길을 생각해 보기로 하자. 부정에 대해서 싸우는 것이 아니라 그 반대의 일을 해보는 것이다.

먼저 병을 놓고 비교해 보자. 큰 병과 싸우는 것은 매우 힘 드는 일이다. 열이 난다. 약을 먹는다. 그리고 그 약의 부작용이 생길 수도 있다. 그래서 다시 그 부작용에 대한 약을 먹는다. 그러나 병을 억누르는 것보다 더 좋은 방법은 건강을 증진하는 것이다. 운동,

균형이 잡힌 식사, 규칙적인 생활, 그러한 것들이 사람을 건강하게 만든다. 건강을 강화함으로써 병을 누를 수 있다. 요컨대 삶과 죽음 사이에서 삶을 강화하면 죽음은 그만큼 약화된다는 뜻이 된다. 이것은 몸이 아플 때 치료하는 것처럼 병과 직접 싸우는 일이 아니다. 그러나 그보다 나은 방법이다.

삶과 삶 사이에도 같은 관계가 적용될 수 있다. 자기가 바른 생활을 함으로써 세상의 부정을 억누를 수 있다. 다른 사람이 부정을 저지르는 것을 공격하는 것도 하나의 수단이다. 그러나 자기의 행동을 바로잡고 더욱 바른 생활을 해나가는 것이 그만큼 세상에서 부정을 몰아내는 일이 된다.

탈무드에는 "누군가가 촛불을 들고 있으리라 생각하고 어두운 방에 들어가면 아무도 들고 있지 않았다. 어두운 방에서 한 사람이 촛불 하나씩 가진다면 방은 훤하게 밝아진다."고 말하고 있는데 이 이야기 역시 그것과 마찬가지다.

"좋은 일은 나누어 가져도 자기의 책임은 나누어 갖지 말라."고 고대의 랍비는 경계하고 있다.

아무리 주변 환경의 탓으로 돌리려고 해도, 아무리 다른 요인에 책임을 돌리려고 해도 언제나 자기에게 돌아온다. 그것을 다른 사람의 탓으로 하는 것은 이기심 때문이 아닌가! 이기심이라는 것 자체가 자기가 분명하게 존재한다는 증거이다.

결국 세계의 중심에 자기가 있는 것이다. 자기를 완전히 지울 수 있다면 자기의 책임도 지울 수 있으리라. 하지만 자기가 있는 한, 절반은 환경의 탓으로 돌릴 수 있을지라도 나머지 반은 항상 자기에게 돌아오게 마련이다.

어느 누구도 자기로부터 도망칠 수는 없다. 스스로 자기를 숨기기는 쉬워도 사람들의 눈에서 달아날 수는 없다.

통곡의 벽(서쪽)

남을 배려하고 생각해주는
마음부터 갖자

이 책은 처세술에 관한 책인데도 도덕적인 것을 계속 말해왔다. 따라서 이건 도덕책이 아닌가?하고 의아하게 생각하는 독자가 있을지도 모른다. 그러나 '사람을 죽이지 말라.'는 극단적인 예에서 시작하여 '거짓말을 해서는 안 된다.' '훔쳐서는 안 된다.' 등의 가르침은 도덕적인 가르침이라기보다 사람이 공동생활을 하는 데 있어서 원활하게 생활할 수 있도록 편의적으로 생각해낸 것이라고 할 수도 있다.

가령, 거짓말을 해서는 안 된다는 것을 놓고 보자. 거짓말이라는 것은 거짓말하는 본인은 그렇지 않다고 하더라도 다른 사람으로서는 매우 불편한 일이 아닐 수 없다. 훔치는 자는 이익을 볼지도 모른다. 그러나 훔치는 것은 사회생활을 하고 있는 다른 사람들에게 불편을 주는 일이다. 거기서 도덕은 누구나 다른 사람에게 바라는 일을 규정한 것이다. 그러니 도덕이라는 것은 다른 사람에 대해서 배려해주는 마음이라고 할 수 있다. 그리고 남을 생각해 줄 수 있는 사람은 사람들이 좋아하고 신뢰하고 자주 찾게 된다.

우선, 아무리 모진 사람이라 할지라도 자기들 한패끼리는 뜻밖에도 도덕을 엄격하게 지키고 있음을 본다. 도덕은 인간생활에 있어서 무엇보다 중요한 가치요, 생명줄이다.

'No'라고 말할 수 있는
용기를 길러라

 천사와 인간은 어떻게 다른가?

천사의 특성은 늘 깨끗하고 티가 없으며 절대로 부패하지 않는 다는 점이다. 그러나 그들의 결점은 진보와 향상하는 일이 없다는 점이다. 한편 인간의 결점은 부패하다는 점이다. 그러나 그러한 단점은 향상시킬 수 있다는 점이다. 인간은 이와 같이 장점과 단점을 가지고 있다. 물론 장점을 살리면 엄청난 힘이 된다.

인간은 완전무결하게 될 수는 없다. 완전무결은 이상일 뿐이다. 그리고 이상은 넓은 바다에서 배를 안내하는 밤하늘의 북극성과 같은 것이다. 선원이라면 알고 있을 것이다. 아무리 별을 쫓아서 바다를 항해해도 하늘의 별에 닿을 수는 없다는 것을 말이다. 그러나 별을 쫓고 별에 가까이 가려고 함으로써 바른 길을 갈 수가 있게 된다.

인간에게 있어서 이상은 그와 같은 것이다. 불완전하지만 완전에 가까이 가려고 함으로써 바른 길을 걸어갈 수 있다. 바른 길을 걸어가기 위해서는 용기가 필요하다. 힘이 없으면 걸을 수 없다. 그러나 자기를 힘으로 강제할 수는 있어도 다른 사람을 힘으로 강제할 수는 없다. 고대의 랍비들은 다른 사람을 그렇게 하게 하려면 여자와 같은 따뜻함이 있어야 한다고 말하고 있다.

신은 인간에게 남자의 힘과 여자의 따뜻함을 주었다.

완전함을 추구하는 것은 무리이고 남에게 그렇게 요구하는 자는 저절로 교만해진다. 완전하게 되지 못하는 것을 알면서 완전에 가까이 가려고 하는 사람은 겸허하다.

겸허한 사람은 힘의 여유를 가지고 있다. 그러나 교만한 자는 자기가 가진 힘 이상으로 뻗어가려고 한다. 바로 그렇기 때문에 겸허한 사람이 더 강하다.

이것은 자신감과 자만심의 차이이기도 하다. 자신감을 가진 사람은 자기의 힘의 한계를 알고 있는데 반해 자만하는 자는 자기의 힘의 한계를 잘 모른다.

탈무드에는 "자기가 할 수 있는 일을 이루려고 하는 것이 인간이고, 자기가 하고 싶은 일을 이루려고 하는 것이 신이다."라고 적혀 있는데, 몇 번인가 되풀이하여 읽어보면 이 아이러니를 이해할 수 있다. 겸허함을 가져야만 사람들을 이끄는 힘이 나온다.

겸허한 인간은 또 너그럽기도 하다. 참된 여자의 따뜻함이란 너그러움을 말한다.

그런데 원칙이 없는 관용은 만용이 되어 버린다. 뚜렷한 선을 그어놓지 않으면 안 된다.

요즈음 젊은 아가씨들은 무슨 일에나 "괜찮아, 좋아."라고 용서하는 아버지가 스마트하고 이해심 있는 아버지라는 이미지를 그리고 있다는 말을 들은 적이 있다. 관대한 아버지를 원한다는 뜻이리라.

정치가 중에는 무슨 일이 일어나면 그러한 현상을 만들어내는 사회가 나쁘다고 말하는 사람이 있다. 필자가 동양에 활동할 당시에는 '대화'라는 말이 유행하고 있었다. 상대방이 하는 말에는 무엇이든 귀를 기울여야 한다고 생각한다. 대체 그건 좋은 일일까? 천만의 말씀이다.

탈무드에는 말하고 있다. "타협으로 이익을 얻는다고 생각하면 큰 잘못이다. 오히려 큰 손해를 보게 된다."

젊었을 때 사회주의자였다가 그것을 벗어난 후 나치 독일에 쫓겨서 런던으로 옮겨간 유대인 철학자 칼 만하임은 "리버럴리스트 (자유주의자 혹은 진보주의자)들이 중립성과 관용적인 자세를 취하고 있었던 것이 재앙의 원인이었다. 만일 그때 그들이 'No'라고 분명하게 말했다면 나치는 정권을 잡을 수 없었을 것이다."고 말했다.

나치나 공산주의 운동 같은 전체주의는 이러한 중립주의나 그릇된 관용정신을 노리고 자라난다. '노!(No.)'라고 할 때는 '노'라고 외칠 만한 용기를 가지고 있어야 한다.

대화 속에서도 '노'라고 말할 수 있는 용기가 있어야 한다.

불공평한
경쟁

랍비 이즈라엘 살란타는 어느 날 두 사내아이가 말다툼을 하는 것을 지켜 보았다. '누가 더 키가 큰가?'라는 문제로 싸우고 있었다. 한 아이가 다른 아이를 움푹한 도랑에 세움으로써 자기가 키가 더 크다는 것을 증명하려고 하였다. 이것을 보고 랍비 이즈라엘은 슬픈 표정을 지으며 이렇게 말했다.

"이것이 바로 다른 사람이 자기보다 열등하다는 것을 증명하기 위해서 전 세계에서 행하고 있는 일이 아닐까? 만일 상대방을 도랑 속에 세우지 않았다면 자기가 의자 위에 서서라도 자기의 우월함을 증명하려고 하였을 것이다."

경마에서 말에 흥분제를 주사하거나 야구 도박에서 상대방 선

수가 제대로 실력을 발휘하지 못하도록 나쁜 수단을 동원하는 사건 보도를 가끔 접하게 된다. 나쁜 일은 대체로 드러나는 법이고 뒷맛이 좋지 않게 마련이다.

　이것은 개인 대 개인의 싸움에 있어서도 마찬가지다. 상대방에게 일방적으로 불리한 승부를 강요해서는 안 된다. 어차피 속임수는 언젠가 벗겨지기 마련이다.

명성을 쫓지 말고
따라오게 하라

 사람은 자기가 좋아하는 것을 무서워해야 한다.

돈, 술, 섹스와 같은 매력 있는 것은 모두 위험하다. 그러기 때문에 이러한 것을 대하는 태도로써 그 사람을 평가하는 경우가 종종 있다. 명성도 그렇다. 분명히 사람은 명성이나 좋은 평가를 손에 넣어야 한다. 사람들이 '그 사람'이라고 일컫는 사람이 되어야 한다. 사람으로서 남의 무시를 받는 것보다 더 큰 굴욕도 없을 것이다. 또 사람들로부터 존재를 인정받으면 인정받을수록 삶은 안정과 발전으로 이어진다.

탈무드에는 "명성은 손에 넣지 않으면 안 되는 것이다. 명성은 잃어서는 안 되는 것이다."라고 말하고 있다. 이 경구는 이어서 "그러나 명성은 자기가 구한다고 손에 들어오는 것이 아니다. 명성은 다른 사람들에 의해서 자연스럽게 주어져야 한다."라고 말하고 있다.

하긴 이 책에서 그렇게 말하고 있는 필자 역시 스스로 명성을 구하고 있을 것이 틀림없다. 아이들이나 어른이나 모두 다른 사람에 의해서 인정받고 싶은 것이다.

그래서 탈무드에서는 "명성을 추구하기 위해 달리는 자는 명성을 잡을 수 없다. 그러나 명성으로부터 달아나려는 자는 명성에 의해서 붙잡히고 만다."라고 말하고 있다.

죄를 남에게
전가하지 마라

'욤 키퍼'의 날에는 유대인은 자기가 저지른 죄와 마주치게 된다. 이 날에 유대인은 자기의 죄를 고백하고 용서를 빈다. 우리는 용서를 구하기 위해서 기도한다.

그러나 요즈음의 죄는 단지 종교상으로만 따지는 것이 아니게 되었다. 고대에는 죄를 용서받기 위해서 제단에 공물을 바쳤다. 죄는 그 단상에서 탄핵을 받았다. 죄인은 죄야말로 신의 노여움을 사는 것으로 생각하였다. 그러나 근대에 들어오자 인간은 신에 대해서보다 인간에 대해서 관심을 갖게 되었다.

이러한 새로운 토양에서 사회과학이 태어나고 죄도 이런 측면에서 다루어지게 되었다. 가령, 경제학자는 죄의 원인을 사회의 경제

구조에서 찾는다. 죄는 경제적인 욕망에서 태어날 뿐 아니라 강한 자에 의한 약자의 착취나 경제적인 부정 속에서 태어난다고 생각한다.

물론 경제학자가 발견한 이런 일련의 논리도 무시할 수는 없다. 성경에는 "사람은 빵만으로는 살 수 없다."고 씌어 있다. 이 말에서 성경은 동시에 사람이 빵에 의해서 사는 것이라는 것을 인정하고 있다. 성경에는 "만일 사람이 굶주림을 채우기 위해서라면 훔친다 해도 용서되어야 한다."고 말하고 있다.

물질적으로 혜택 받지 못한 사람은 죄를 저지르기 쉽다. 빈곤은 범죄를 배양한다. 가난함은 아름다움이나 지적인 것에 대한 관심을 잃게 한다. 굴욕감에서 자포자기적인 태도가 생겨난다. 물질적으로 지나치게 혜택 받고 있는 자도 한층 큰 유혹을 느끼기 때문에 더욱 탐욕스러워져 죄를 저지르기 쉽다. 쾌락 중에서 많은 것은 죄가 되기 쉽고 죄 중에서 가장 흔한 것이 쾌락이다.

사회학자도 또 죄의 원인을 규명하기 위해 몰두하고 있다. 그들은 빈민가 혹은 가정적인 불화에서 생겨나는 범죄 등 다양한 사회적인 환경을 범죄의 원인으로 삼고 연구하고 있다. 물론 그들의 연구를 무시할 수는 없다. 분명히 사회적인 환경에 의해서 해도 좋은 것과 나쁜 것의 기준이 달라지는 경우도 있다.

사회적인 환경이 나쁘고, 교육의 질이 나쁘고, 좋은 직업을 가질 수 없고, 소수민족으로 차별을 받고, 정치가 부패하고…… 이런 것들은 모두 죄를 낳기 쉬운 사회를 만든다.

심리학자도 죄의 원인을 분석하기에 이르렀다. 가령 어렸을 때 어떻게 길러졌는가?하는 것에서 무의식 속을 더듬어 보며 죄를 저지르는 원인을 밝히려고 하였다. 분명히 이러한 심리학의 연구도 중요하다.

위에서 말한 분야에는 유대인 학자들이 유독 많다. 유대인의 전통에서는 미지의 분야에 빛을 비치는 것이 적극적으로 장려되고 있다.

그러나 동시에 죄는 개인의 문제이다. 최종적으로는 개인의 책임에 의해 생겨나는 것이라는 생각을 유대인은 버린 적이 없다. 태어나면서 죄가 인간에게 지워져 있는 것이 아니다. 사회적인 환경에 의해서 강요되는 것도 아니다. 그래서는 자기가 다른 것에 의해서 조종되고 있다는 말이 되며, 자기가 존재하지 않다는 말이 되지 않는가! 자긍심은 자기가 든든히 서 있는 것에서부터 나온다. 죄는 자기가 만들어내는 것이다.

만일 과학적인 연구가 개인의 책임감을 약하게 만들어 버린다면 유감스러운 일이다. 인간은 다른 사람에 의해서 조종되는 그런 약한 존재가 아니다.

탈무드나 유대의 금언집에서 죄나 부정에 관한 명언을 들추어보면 예상대로 심오한 말들이 비교적 많이 나온다. 유대인의 중용적인 생각은 여기에서 다시 한번 엿볼 수 있다.

- 근거가 없는 증오는 최대의 악이다.
- 죄를 저지른 자는 다른 사람이 쫓지도 않는데 도망친다.
- 침묵은 고백과 같은 경우도 있다.
- 나쁜 짓도 선행도 같은 손이 한다.
- 악의 충동은 도움이 되는 것일까? 도움이 된다. 악의 충동이 없다면 인간은 누구나 집을 세우거나 아내를 맞이하거나 아이를 낳거나 장사에 힘을 쓰는 등의 일을 하지 않을 것이다.

인생 공부는
평생을 두고 행하라

인생 공부는 어떠한 일에서도 배울 수 있다. 필자가 젊어서 갓 결혼했을 때 장인과 한 집에서 살았다. 장인어른은 시계를 수리하는 분이었다. 필자는 어느 날 유명한 랍비를 만나러 가고 싶은데 여행할 돈이 없었다. 그래서 장인어른께 말했다. "만일 제게 5달러를 주시면 제가 아버님께서 못 고치고 있는 시계를 고쳐 드리지요."

장인은 고개를 끄덕이고 먼저 손목시계 하나를 내주었다. 필자는 시계를 분해하여 어디가 잘못되었는지를 확대경을 써서 조심스럽게 찾아보았다. 얼마 안 있어 필자는 가는 털같이 생긴 스프링이 비뚤어져 있는 것을 발견하였다. 그래서 필자는 장인어른한테 가서 새 부품을 구한 다음에 그것을 바꾸어 끼웠다. 그러자 시계는 가벼운 소리를 내며 다시 움직이기 시작하였다. 그때 필자가 깨달은 것이 있다.

"이런 조그만 부속품 하나도 시계를 멈추어 버리게 할 수 있구나. 그러니 사람의 마음도 극히 일부분이 틀어져 버리면 바르게 사물을 볼 수 없게 되지 않을까!"

이와 같이 인생에 있어서 조그만 일도 우리에게 여러 가지 교훈을 가르쳐 줄 수 있다. 그런 목적으로 이 책에는 소소한 에피소드가 많이 담겨져 있다.

특별부록

유대민족의 축제일과 기념일

유대인을 제대로 알려면 그들의 역사와 전통, 문화를 이해하지 않고서는 불가능한 일이다. 유대인도 마찬가지로 자기 민족만의 고유한 기념일이 존재하기 마련인데 특히 휴일을 맞이하는 자세나 태도를 보면 우리와 다를 뿐만 아니라 특이한 점을 많이 엿볼 수 있다.

유대민족의 정신과 얼을 계승하는 장치로써의 그들의 공휴일과 축제일을 살짝 들여다보도록 하자.

공식적인 휴일은 유대교의 기념일에 맞추어 범국가적으로 시행한다. 유대력은 고유한 달력(월력)으로 12월이 있는데 초승달이 시작되는 날이 새 달의 시작이다. 15일이 보름이며 그믐날이 말일이다.

유대교의 휴일과 기념일(축제일)은 매우 오래된 전통으로 한 해의 계절 및 농사의 순환과 결부되어 있다. 거의 월별 단위를 기준으로 월초에 시작되지만 서로 연계되어 있으며, 일년 365일을 맞추기 위해 윤달이 삽입된다. 전통적으로 매 2년 또는 3년마다 새해 첫 달에 윤달을 끼운다. 윤달은 아다르라고 하는데 두 번 끼워야 하는 해에는 여섯달째(대략 4~5월 경) 끼워 넣기 마련이다.

그레고리안 달력에서 하루가 자정에서 다음 날 자정까지 하루로 계산하는 것과 다르게 유대력에서는 하루가 해가 지는 시간부터 다음 날 해가 지는 순간까지이다. 따라서 안식일(샤밧)은 금요일 저녁에 시작되어 토요일 저녁 일몰에 끝난다. 모든 기업체나 관공서는 금요일 일찍 업무가 끝나며 토요일 저녁(모쩨이 샤밧)에는 극장이나 식당 또는 유흥업소가 문을 여는 곳이 많다. 유대교에 다른 축일 모두에 적용되는 하루 계산방식이다.

각종 경축일이나 휴일 중 일부는 유대교와 연계된다. 다른 국가 공휴일들은 이스라엘 역사와 건국에 관련된 것들이다. 종교적 경축일은 가족 또는 공동체별로 유대교 율법에 따라 지킨다. 종교적인 유대인들은 오랜 전통과 율법에 따라 특별한 기도가 포함된 경축일을 경건하게 지내며 세속적인 유대인들은 가족 또는 공동체의 전통적 식사와 행사로 다양한 경축 문화를 발전시켜왔다.

유대교의 경축일은 유대력 첫 달 티슈레 첫 날(대략 9~10월 경) 새해(로쉬 하샤나)로부터 시작하여 속죄일인 욤 키푸르, 쑤콧으로 이어진다. 이들 경축일 기간은 대부분의 관공서 및 기업체는 문을 닫는다. 이스라엘 사람들은 티슈레 달을 '경축일 기간'으로 부르며 장기 여행에 떠나기도 한다. 때로는 중요한 사업도 '경축일 후'로 미루어지기 일쑤이다.

이스라엘을 방문하는 여행자는 이 기간 동안 업무가 정지되며 호텔이나 휴양지는 휴가를 즐기는 이스라엘 사람으로 가득 찬다는 것을 미리 감안해야 한다.

두 번째 경축일 기간은 봄에 푸림(부림절), 페싸흐(유월절), 독립기념일로 이어진다. 각각 아다르, 니싼, 이야르 달에 있는데, 대략 3~5월경이다. 유월절 기간에는 휴가를 내어 여행을 떠나는 이스라엘 사람이 많다.

마지막으로 7~8월경 학생들 방학기간에 학생들과 휴가를 즐기려는 부모들이 일주일가량 휴가를 내는 경우가 많다.

♠ 로쉬 하샤나(Rosh Hashanah)-유대민족의 새해

로쉬 하샤나는 유대력으로 새해이다. 티슈레 달 첫 날로 9월 또는 10월 중이다. 다른 명절들이 쉬는 날이 하루인데 반해 유일하게 새해는 이틀을 쉰다. 이틀 쉬는 전통은 예루살렘 대제사장이 새 달이 뜨는 것을 선포하는 순간이 불분명했기 때문이다.

유대 전통에 따르면 새해는 우주의 창조와 세상에 대한 조물주의 지배를 받아들이는 것을 기념한다고 한다. 이날은 또한 사람들의 지난 행실을 판가름하게 되며 새해 앞으로 받을 축복이 결정되는 날이다.

악인에게는 죽음이 선한 자에게는 생명이 약속되며 욤 키푸르 속죄일까지 회개할 수 있다. 새해와 욤 키푸르 사이의 열흘간은 '회개의 열흘'으로 불린다. 이 기간에 사람들은 자신의 죄를 반성하고 속죄할 수 있다.

♠ 욤 키푸르(Yom Kippur)-속죄일

속죄의 날이라 불리는 욤 키푸르는 유대교에서 가장 중요하고 성스러운 절기다. 히브리 달력의 티슈레 10일에 축복하는 단식과 기도의 날로, 유대교 새해인 로쉬 하샤나로부터 10일 후이다. 욤 키푸르는 '10일간의 속죄' 혹은 '대축일'의 끝을 장식하고, 유대인들이 작년의 죄에 대해 면죄 받고 용서받는 마지막 기회이다.

유대교의 믿음에 의하면, 욤 키푸르 판결은 다음 해를 위해 각자에게 전해진다. 죄악으로부터 용서받기 위해서는 이 날 영혼의 회개와 깨끗한 양심으로 새해를 시작하겠다는 약속을 하고 신은 자신의 죄를 진심으로 뉘우치는 사람을 용서한다는 믿음을 지켜야 한다.

이러한 정화의 개념은 금식으로 완성된다. 욤 키푸르에 엄격한 유대인들은 성스러운 날의 저녁부터 다음날 밤까지 금식을 행한다. 다른 유대교 금식의 날과 달리, 욤 키푸르는 안식일과 겹치더라도 엄격하게 완전히 진행된다. 욤 키푸르는 유일하게 유대교 달력에서 다섯 번의 기도를 위한 예식이 있는 날이다.

욤 키푸르는 어느 특정한 역사적인 사건과 직접적으로 연결된 것은 아니지만, 어떤 이들은 이날 모세가 시나이산에서 십계명이 새겨진 두 번째 돌판을 들고 와서 하나님이 금송아지에 대한 이스라엘인들의 죄를 사하였다고 한다. 이 절기는 토라에서 제정되었는데, 그곳에서는 엄숙한 안식일로 불리며, 이 날에는 안식일과 마찬가지로 생산적인 일이 행해져서는 안 된다.

모든 이스라엘의 유대교인들이 종교적으로 엄격한 것은 아니지만, 욤 키푸르는 과거나 지금이나 모두에게 특별한 날이고 아직까지 독특한 개성을 가지고 있다. 자신들을 세속적이라 부르고 회당에도 충실히 가지 않는 많은 유대인들도 이 특별한 날에는 기도를 하고, 많은 이들이 엄격하게 완전한 혹은 부분적인 금식을 지킨다.

♠ 쑤콧(Sukkot)-초막절 & 장막절

쑤콧 또는 초막절은 히브리 티슈레 달의 세 번째 절기고, 가장 중요한 유대교 기념일 중의 하나이다. 쑤콧은 세 개의 순례 절기 중에 하나이다. 그 세 순례 기간에는 유대인들이 고대의 예루살렘을 방문하고 신성한 성전에서 동물과 곡식 희생물을 바쳤다. 쑤콧은 종교적이고 농업적인 요소가 뒤섞인 즐거운 절기다.

쑤콧은 토라(모세오경)에서 시작되었는데, 이집트로부터 탈출한 후에 이스라엘인들이 살았던 사막의 초막을 기념하는 것이다. 쑤카('쑤콧'의 단수)는 임시 거주 건물인데, 주로 나무나 옷감 벽으로 최소한 네 개의 면 중 세 개를 싼 것이고, 지붕은 하늘이 보이는 나뭇가지나 종려나무 잎으로 만든 것이다.

쑤콧의 또 다른 이름은 추수감사절 절기인데, 그것은 여름 추수가 끝나고 겨울 작물을 심기 전인 가을에 행사가 치러지기 때문이다.

절기 기도의 중심 테마는 비이다. 농부들은 이번 해의 수확을 신에게 감사드리며 다음 해에 비가 오기를 기도드린다. 초막을 짓는 관습의 또 다른 이유는 수확된 작물을 보호하기 위해 추수절에 짓는 초막을 기념하기 위한 것이다.

쑤콧은 7일 동안 진행되는데, 히브리 티슈레 달의 15일부터 21일(주로 10월 중순)까지 진행된다. 첫날과 마지막 날은 주로 절기 분위기가 나고, 첫 번째 날은 신성한 날이자 쉬는 날이며, 안식일처럼 생산적인 일은 허락되지 않기 때문에 가게들이 주로 문을 닫는다.

중간의 날들은 평일과 비슷하다. 8일째는 Shemini Atseret으로 불리는데, 그것은 선택 가능한 경축일이다.

♠ 슈미니 아쩨렛 / 씸핫 토라(Shemini Atseret and Simchat Torah)-토라 경축일

쑤콧의 바로 다음 날이자, 쑤콧의 시작부터 8일째인 날은 슈미니 아쩨렛(Shemini Atseret)으로 불리고 또한 기념일이다. 토라(모세오경)에서 제정한 기념일이고, 특별 기도는 앞으로 내릴 비에 대한 기대를 언급한다.

탈무드시대(BC 3세기)에, 이 날은 또한 토라를 축하하는 씸핫 토라(Simchat Torah)라는 절기 날짜로도 지켜지기도 하였다. 이 날에 유대회당에서 토라를 읽는 과정이 끝나고 처음부터 다시 그 낭송 과정을 시작한다.

씸핫 토라는 굉장히 즐거운 절기며, 종교인들 사이에서는 특히 그렇다. 또한 이 기념일의 기쁨을 표현하기 위한 많은 다양한 관습으로 하카포트(Hakafot, 토라를 들고 추는 춤)가 행해진다.

♠ 하누카(Chanukah)

다른 주요 유대 절기와는 달리, 하누카의 기원은 성경에 있는 것이 아니라 그 후의 사건들에 있다. 이 절기는 8일 동안 지속되고 기슬레브(Kislev) 히브리 달(주로 12월)의 25일부터 시작된다.

완전한 기념일은 아니기 때문에, 가게들은 평소처럼 열린다. 하누카는 셀류시드(Seleucid)시기인 BC 2세기에 있었던 역사적인 사건에 따른다. 몇몇 셀류시드 왕들이(알렉산더 대왕 후의 왕조이고 시리아에 수도가 위치) 이스라엘 땅에서 유대인들에게 유대법에 어긋나는 특정 관습을 강요하려고 하였다.

가장 심한 것은 안티오쿠스 4세(Antiochus IV)가 예루살렘의 신성한 성전에 동상의 설치를 명령한 것이었다. BC 167년에 유대인들은 그리스 셀류시드 왕조에 대항하였다. 몇몇 반란군의 리더격인 하스모니아나 마카비인들은 대제사장 마타티아스의 아들이었다.

BC 164년에는 유다 마카비의 지도 아래, 반란군이 거룩한 성전을 포함하는 예루살렘을 외국 세력의 법에서 해방시키면서 정점에 달했다.

이 사건들은 반란 후 몇 십 년이 지나 BC 2세기에 쓴 몇 개의 역사적인 문서에서 찾아볼 수 있다. 유대교 전통에 의하면, 하누카 절기는 유다 마카비인들에 의하여 만들어졌다. 절기는 8일 동안 지속되는데, 신성한 성전의 재봉헌과 정화를 기념하는 축복 행사가 있다.

또한 전통에는 기적이 기록되어 있다. 마카비들이 성전의 촛대에 불을 붙이기 위하여 신성한 기름을 찾고 있을 때 그들은 유일하게 뚜껑이 부러지지 않아 깨끗한 작은 플라스크를 찾았다.

플라스크의 기름은 오직 하루의 양만큼만 있었는데, 기적이 일어나 기름이 8일 동안 타게 되었다. 또한 이 절기의 영웅적인 요소에 대하여, 하누카는 어둠에 반대하는 빛의 모티브가 있다.

따라서 하누카는 빛의 절기로도 불린다. 현대에 이르러 하누카는 유대인들의 종교적이고 국가적인 적에 대항하는 고난을 상징하는 상징물로 받아들여졌다. 오늘날에는 사람들이 절기의 종교적이고 기적적인 면을 강조하는데 반하여, 어떤 사람들은 국가적인 승리의 요소를 강조한다. 어떠한 경우든, 이 절기는 기쁨으로 가득하고 아이들 사이에서 가장 인기가 많은 기념일이다.

♠ 투 비슈밧(Tu B'Shvat)

이 축제의 기원은 성경에 있는 것이 아니라 3세기 초에 기록된 미쉬나에 있다. 이것은 주로 농경 축제인데, 그것은 '나무의 새해'라는 다른 이름에도 명시되어 있다. 이 축제는 우기(1월말~2월초) 중간쯤에 열린다.

이 축제는 본래 유대법인 할라카 상으로 중요성을 띤 축제였는데 그것은 수확한 후 십일조로 과일을 내기 위해 나무의 나이를 기록하는 이유에서이다. 십일조는 땅을 소유하지 않고 성전에서 일하는 성직자에게 주어지는 것이었다.

유대인들이 세계 각처로 흩어져 더 이상 농경에 관련이 없게 된 후에, 투 비슈밧은 유대인들과 이스라엘 땅의 연결을 상징하는 축제가 되었다. 이것은 쉬는 기념일이 아니라서 평소처럼 가게들이 문을 연다.

♠ 푸림(Purim)-부림절

부림절은 유대 전통에서 가장 행복하고 즐거운 절기 중의 하나이다. 이 기념일에는 종교적 교훈 자체가 행복, 심지어는 술에 취하는 것도 포함한다. 이 절기는 가장 엄격한 토라 학자들도 즐거움의 분위기에 취하고, 절기 분위기에 물들게 된다.

이 절기의 근원은 성경의 에스더서에 있는데, 그것은 페르시아의 왕 아하수에로(크세르크세스)의 수석 총리인 하만이 왕국의 모든 유대인들을 죽이려고 했던 것으로부터 페르시아의 유대문화를 지켜낸 것과 관련이 있다. 이 사건의 시간대는 BC 6세기인 1차 성전의 파괴로부터 2차 성전의 건축 사이로 추정된다.

부림절이 해당되는 날은 유대달력의 아다르(Adar) 달의 14일(주로 월요일)인데, 그날은 하만이 유대인들을 모두 죽일 날로 정해놓았던 날이다. 부림절 행사는 다음날까지 이어지며, 그 날은 '쇼샨 푸림'으로 불린다.

에스더의 독특한 점 중의 하나는 이야기가 여성의 영웅적인 활동에서 시작한다는 점이다. 유대인이었던 에스더는 악의 세력에서 유대인들을 구하고 그 날을 역사적인 기념일로 만든 사람이다.

유대법에 따르면 부림절이 축일로 고려되지 않기 때문에, 공식적으로 쉬는 날은 아니다. 은행을 제외한 사업이나 가게들은 평소처럼 열리나, 절기 분위기가 나라 전체에 거리마다 퍼져있기 때문에 학교는 쉬게 된다.

♠ 페싸흐(Pesach)-유월절

유월절(Pesach, Passover)은 유대 전통에서 큰 절기고, 쑤콧(초막절, Sukkot)과 샤부오트(칠칠절, Shavuot)와 더불어 세 개의 순례 절기 중 하나이다. 고대에 이 절기들 중에 유대인들이 거룩한 성전이 있는 예루살렘에 와서 동물과 곡물의 제물을 바쳤다. 성전의 파괴 후에 몇 개의 절기 전통은 유지되었으나, 순례와 희생제사 없이 새로운 전통들이 더해졌다.

페싸흐는 히브리 달력 니싼월(Nisan, 아법월로 주로 4월)의 15일에 시작하고 7일 동안 지속되며, 이집트로부터의 탈출을 기념하기 위해 축하한다. 이 이야기는 서양 문화나 유대인들 역사 속에 잘 알려진 이야기들에 속한다. 토라에 의하면, 이스라엘인들은 이집트에 살았는데 이집트인들에게 노예 취급을 당하고 있었다. 모세는 이집트의 왕인 파라오의 궁전에서 자라난 이스라엘인이었는데, 이스라엘인들의 지도자가 되어 파라오에게 이스라엘 땅으로 돌아가게 해달라고 요청하였다. 파라오가 거절하자 모세는 시위를 주도하다가 결국 이집트로부터 탈출하여, 그들이 40년 동안 지낸 시나이 사막으로 향한다. 유대 전통에 의하면, 이 사막으로까지의 긴 여정 동안 모세와 그의 형 아론이 이끄는 이스라엘인들은 이스라엘 땅을 정복할 준비를 하면서 단합된 민족이 되었다.

페싸흐는 또한 '자유의 절기'로도 불리는데, 이러한 절기의 요소는 의식과 기도에서 강조된다. 노예생활로부터 자유로의 탈출은 육체적이고 정신적인 해방을 상징하며, 인간의 자유롭고자 하는 욕망을 상징한다. 이 절기의 또 다른 중요한 요소는 가족이 함께 하는 것이다. 의례적인 쎄데르(Seder) 식사 때문에 Seder Night라고 불리는 저녁에 모든 대가족이 한 식탁에 둘러앉는다. 또한 가족이 없는 사람을 불러 절기를 함께 하는 것도 유대교의 중요한 가르침이다.

페싸흐의 또 다른 이름은 '무교병(누룩을 넣지 않은 빵)의 절기'이다.

그것은 이스라엘인들이 이집트로부터 서둘러 탈출하는 바람에 그들이 준비한 빵 반죽이 부풀 시간이 없었고, 결국 무교병, 즉 누룩이 들지 않은 빵이 된 것과 관련된다. 이 절기의 가장 중요한 계율 중의 하나는 누룩을 먹는 것을 삼가는 것이다. 이것은 가루반죽이 부풀어 오르면서 구워지는 음식이나, 가루반죽이 들어간 음식을 포함한다. 빵 대신에 유대인들은 무교병을 먹는다. 종교적으로(전통적으로도) 유대인들은 신중하게 절기의 이 부분을 준수한다. 페싸흐의 다른 이름은 '봄의 절기'인데, 페싸흐가 지켜지는 계절을 염두에 둔 것이다.

절기의 첫째 날과 마지막 날은 성스럽게 여겨 쉬는 날이라 모든 생산적인 일이 금지된다. 중간 날은 Chol ha-Mo′ed라 불리며, 평일과 절기가 반반 정도 있는 날이다.

♠ 미무나(Mimouna)

북아프리카, 특히 모로코에 기원을 둔, 유대인 유월절의 7일 째 다음날 저녁은 신성한 쉬는 날인데, 유월절 절기의 일부분으로써 미무나를 축하한다. 이 축하행사의 기원은 불분명하지만, 중세의 위대한 Rabbi Moses Maimonides(Rambam으로도 알려진)의 아버지인 Rabbi Maimon ben Abraham의 죽음을 기리는 것과 관련이 있다. 미무나 밤에 사람들은 집집마다 들르면서 친구들과 친척 중에 이 절기를 행하고 있는 사람들을 만나고, 모로코계 유대인들이 집중되어 있는 곳에 집집마다 방문하면서 새벽까지 이어진다. 다음날은 가족 축하를 하는데, 환영과 방문, 그리고 공공장소에 수백명의의 축하인파가 피크닉을 위해 모인다. 최근에는 미무나가 모든 사람들이 참여하고 싶은 절기가 되었고, 정치인들은 큰 비중의 모로코 인구의 호감을 얻기 위해 이것을 이용하곤 한다.

♠ 유대인 600만 학살추모일(Holocaust Remembrance Day)

유대인 대학살과 저항운동을 기억하는 이스라엘의 날인 Yom Hasho'a는 페싸흐 일주일 후 니싼 달의 27일(4월 말~5월 초 사이)에 열린다. 이 날은 나찌에 의해 죽은 6백만의 유대인들을 기리고 대학살에 대한 유대인들의 저항의식의 영웅주의를 추모한다. 이 날짜는 1943년 4월 19일인 페싸흐 전날 저녁에 Warsaw Ghetto가 저항하여 일어난 것을 기념한다.

추모일은 처음에는 1951년에 기록되었으나, 법에 의해 1959년에 수정되었다. 법은 Yom Hasho'a 전날 저녁부터 그 다음날 저녁까지 레스토랑과 카페를 포함한 유흥 목적의 업소들이 문을 닫을 것을 명시해놓았다. 추모회는 전국 곳곳에서 열리게 되며, 중앙의식은 이스라엘의 공식 대학살 추모 조직인 Yad Yashem에서 열린다. 오전 10시에 Yom Hasho'a의 사이렌은 2분 동안 나라에 퍼지고 서서 침묵하는 것이 관습이다. 깃발은 마스트에 중간쯤 걸리는 것이 의무이며 TV와 라디오 중계는 이 사항에 대해 집중한다.

♠ 현충일(Yom Hazikaron)

이스라엘 전쟁의 사상자들과 테러 희생자들을 추모하는 Yom Hazikaron은 유대인학살 추모일로부터 일주일 후이고 Pessah(passover)로부터 2주일 후인 Iyar의 4일(4월말~ 5월초)이다. 이 날은 나라의 군인들과 유공자들을 기념하고 추모하며, 독립군 지하조직 사상자와 테러리즘의 희생자들을 기념하기도 한다.

Yom Hazikaron은 본래 1963년에 제정되었으나, 전몰자들을 기리는 이날은 독립기념일과 이 독립을 위해 희생한 사람들의 관계를 기록한 1951년에 시작되었다. 이 날은 Iyar의 4일 저녁부터 시작하며 다음날 저녁까지 독립 기념일 행사가 시작할 때까지 계속된다. 법에 의하면, 모든 유흥의 업소는 현충일에 문을 닫으며, 전몰자 추모 기념 의식은 나라 전체에서 열리며, 깃발은 마스트 절반쯤에서 휘날린다. Yom Hazikaron의 전날 밤에 사이렌이 8시에 울리며 다시 다음날 오전 11시에 울린다. 사이렌이 울릴 때는 침묵하면서 서있는 것이 관습이다. 의식은 도시 센터, 공공 빌딩과 묘지에서 열리고 TV와 라디오는 이 사항에 집중한다.

이스라엘에는 가족이나 친구나 주변인들을 이스라엘 전쟁에서 잃지 않은 사람이 없을 정도이다. 따라서 이날이 모든 이스라엘 사람들에게 더욱 중요하다. 많은 사람들이 그래서 기념의식에 가며, 사상자들의 가족들은 군 묘지에 간다.

♠ 독립기념일(Independence Day - Yom Ha'atsma'ut)

이스라엘의 국가 기념일인 독립기념일은 이스라엘이 영국으로부터 독립한 것을 기념한다. 이것은 수백 년 또는 수천 년의 전통 없이 법에 의해 제정된, 유일하게 달력상으로 완전한 기념일이다. 독립기념일은 이야르(Iyar) 유대 달의 5일(4월 말~5월 중순 사이)이며, 이 날은 이스라엘의 첫 수상인 다비드 벤-구리온(David Ben-Gurion)이 1948년에 독립을 선언한 날이다. 1949년에 크네셋(Knesset, 이스라엘 국회)에서 확정된 법안에 의해 완전한 기념일로 선포되었다.

해가 흐르면서 다양한 전통이 기념일을 축하하기 위해 생겨났고, 요즘은 가족들이 나라의 경치 좋은 장소들에서 피크닉을 즐기는 모습을 볼 수 있다. 독립기념일 축하의식은 Iyar 달의 5일 저녁에 이스라엘 전쟁의 사상자를 기리는 추모일인 현충일(Yom Hazikaron)이 끝나면서 시작되는데, 애도에서 축하 분위기로의 전환을 위한 특별한 의식을 치른다. 주된 의식은 예루살렘의 헤르쩰(Herzl) 산에서 열린다. 기념일 중에는 예루살렘에서 세계 성경 퀴즈대회가 열리고, 명성이 높은 이스라엘 상(Israel Prizes)이 특별한 기념식 중에 그 해의 수상자들에게 주어진다. 대부분의 가게나 사업은 독립기념일에 문을 닫는데, 카페나 레스토랑이나 다른 유흥업소는 종교적인 기념일이 아니기 때문에 문을 연다.

♠ 예루살렘의 날

예루살렘의 날은 도시의 해방과 6일 전쟁 후 예루살렘의 통일을 기념하는 국가 기념일이다. 이 날은 이야르(Iyar) 달의 28일(주로 5월 중순~5월말까지)에 지켜지는데, 이 날은 1967년 이스라엘 군사들이 도시의 동쪽 부분을 해방시킨 날이다. 예루살렘은 1948년의 독립전쟁으로 인해 1967년까지 나누어져 있었다. 도시의 서쪽 부분은 이스라엘 소유였지만, 동쪽 부분은 스코푸스 산의 이스라엘 영토를 제외하고 요르단 왕조의 소유였다. 동쪽 부분이 해방된 후에, 도시를 나누던 벽은 허물어졌고, 3주 후에 국회(크네셋)는 도시의 통일과 동쪽 지역에 대한 이스라엘의 통치권의 확대를 규정하는 법을 통과시켰다. 이 기념일은 1년 후에 도시의 통일과 오랜 세월에 걸친 유대 민족의 예루살렘에 대한 관계를 기념하기 위해 만들어졌다.

♠ 라그 바오메르(Lag ba-Omer)

라그 바오메르는 오메르(Omer, 곡물의 양에 대한 성경의 단위)를 세는 33일째 날인데, 유월절의 둘째 날 밤에 시작하여 칠칠절에 끝난다. 오메르를 세는 것은 고대로 거슬러 올라가는 의식인데, 그 때는 거룩한 성전이 예루살렘에 온전하게 있었을 때이다. 역사 속에서, 이 기간 중에 유대인들에게 내려진 참혹한 비극 후에, 특히 24,000명의 랍비 아키바(Rabbi Akiva)의 학생들이 흑사병으로 죽은 후(AD 2세기)에, 이 기간은 국가적인 애도의 날이 되었다. 이 기간 동안에는 특정한 금지사항이 적용되는데, 예를 들어 결혼식을 치르거나 머리카락을 자르는 일이 금지된다. 라그 바오메르 날에는 이러한 애도의 관습이 멈춰지는데, 그 이유는 이 날에 랍비 아키바의 학생들이 죽는 것이 멈췄다는 전통 때문이다.

이 날 벌어진 또 다른 중요한 사건은 이 날 랍비 아키바의 학생 랍비 시몬 바르 요하이(Rabbi Shimon bar Yochai, Rashbi)가 죽은 날이기도 하다. 라그 바오메르는 또한 바르 코크바(Bar Kochba) 반란과도 관련이 있는데, 그 반란의 정신적 스승이 랍비 아키바였고, 군사적인 스승은 시몬 벤 코시바(Shimon ben Koshiba, bar Kochba)였다.

2세기에 이스라엘의 일부 유대인 인구는 로마제국에 대항하여 반란을 시도하였다. 반란이 처음에는 성공적이었지만, 결국 잔인하게 진압되고 이스라엘의 유대인 사회에 엄청난 파괴를 몰고 왔다. 이것이 이스라엘 땅에서 1948년 이스라엘 정부의 설립 때까지 유대인들의 마지막 독립 시기였다. 라그 바오메르가 바르 코크바의 군사들이 로마인들에 대해 일시적으로 승리한 것을 기념한다는 추측도 있다.

이 절기의 전통은 현대에 와서 발전하게 되었다. 시오니즘주의(고토회복 운동)는 바르 코크바 반란에서 국가 해방을 위한 노력을 강조하였고, 그 반란을 자유를 위한 투쟁의 상징으로 변신시켰다. 라그 바오메르는 신성한 휴일이 아니라서, 가게들이 평소처럼 문을 연다. 특별한 기도와 몇몇 유대인 민족적인 관습을 제외하면, 라그 바오메르는 1년의 다른 날과 별로 다를 것이 없다.

♠ 샤부옷(Shavuot)-칠칠절 & 오순절

3대 명절의 하나인 칠칠절은 유월절과 초막절과 더불어 순례 절기 중 하나이다. 이 명절들은 예루살렘에 고대 성전이 있었을 때, 그리고 동물과 곡물 희생양을 제사로 바칠 때, 유대인들이 예루살렘에 의무적으로 방문하던 명절들이다. 칠칠절은 오메르(Omer, 곡물의 양에 대한 성경의 단위) 세기가 끝날 때 행해진다. 오메르 세기는 유월절 첫날부터 7주 동안(실제로는 50일) 이루어진다. 오메르 세기의 처음에 유대인들은 첫 수확 보리곡물의 오메르를 거룩한 성전으로 가져오고, 마지막에는 첫 밀 수확물의 오메르를 가져오곤 했다.

오메르 세기의 7주는 절기 이름의 기원이 되었다.

본질적으로 농경 절기인 칠칠절은 또한 추수의 절기로도 불리고 첫 열매(Bikkurim)의 절기로도 불리는데, 그것은 첫 수확의 과실들과 가축에 태어난 첫 동물을 거룩한 성전에 바치는 관습을 기념하는 것이다. 이 절기의 농경적인 요소는 거룩한 성전이 파괴된 후에도 유지되었다. 절기의 상징 중에는 이스라엘 땅이 축복받은 7가지 종류가 있다. 밀, 보리, 포도, 무화과, 석류나무, 올리브, 그리고 대추이다.

칠칠절은 또한 토라(Torah, 모세오경)의 수여에 관한 절기이기도 하다. 전통에 의하면 이날 토라가 시나이 산에서 사람들에게 전해진 날이다. 대부분의 유대인들이 디아스포라에 있어 칠칠절을 농경 절기로 축하할 수 없었을 때, 종교적인 전통들이 우선적으로 지켜졌다. 이스라엘 땅에 유대인 정착이 재개되면서, 새로 온 농업인들(주로 키부츠와 모샤브 농업 공동체들)은 절기의 초점을 농경에 다시 맞추었고, 첫 열매들을 성전에 바치는 것을 기념하는 다양한 전통과 의식이 발전했다.

또한 칠칠절은 유대민족에 합류하여 다윗 왕의 조상이 된 모압 여인 룻의 이야기를 다룬 성경의 룻기와도 관련이 있다. 이 이야기는 밀 수확 기간인 칠칠절 무렵에 일어나, 칠칠절과 관계된다. 또한 다윗 왕조와 토라 수여의 절기 사이에도 관련이 있다. 전통에 의하면 다윗은 칠칠절에 태어나고 죽었다. 룻의 이야기는 어떤 사람이 다른 나라에서 심지어는 적국에서 왔을 지라도 모든 사람이 유대민족에 합류할 수 있고 토라를 받아들일 수 있다는 것을 강조한다.

♠ 티샤 베아브(Tisha B'Av)

BC 586년에 바빌론의 왕 느부갓네살(Nebuchadnezzar)에 의해 파괴된 첫 번째 성전과 BC 70년에 로마의 지배자 디투스(Titus)에 의해 파괴된 두 번째 성전을 애도하는 날이다. 이 날은 또한 1492년에 스페인 군주에 의해 유대인들이 추방당하기 시작한 것을 기억하기도 한다. 이런 모든 것들이 이 날을 유대 달력의 다른 애도의 날들과 함께 또 하나의 애도의 날로 만들었다. 첫 번째와 두 번째 성전의 파괴와 관련해서 세 개의 애도의 날이 더 있는데, 티샤 베아브가 가장 중요하다. 티샤 베아브 이전의 3주 동안은 벤-하-메짜림(Bein-ha-Metsarim)으로 알려져 있는데, 이것은 두 번째 성전의 파괴에 앞서 예루살렘의 성벽이 파괴된 타무즈(Tammuz) 달의 17일에 시작되는 애도의 기간으로 금식일이다. 다양한 애도의 의식이 이 기간에 치러진다. 결혼식을 행하지 않고, 종교적인 유대인들은 머리를 깎지 않고 음악을 듣지 않는다.

| 에필로그 | 독자들에게 드리는 충고

탈무드(Talmud)란 '위대한 연구'라는 뜻을 가진 유대민족 5000년 동안 지혜의 보물창고이자 원천이다. 탈무드는 나라 없이 2000년을 떠돌면서 수난의 생활을 해온 유대민족을 지탱해준 생활 규범이었고, 유대인의 율법 그 자체였다. 다시 말하면 종교, 법률, 철학, 도덕 등 모든 생활과 관련된 지침서인 셈이다. 만약 독자여러분들이 유대인의 탈무드적인 삶을 제대로 이해하게 된다면 유대민족의 위대함을 느낄 수 있는 계기가 될 것이다.

우리 모두는 저마다 자신의 꿈과 미래에 대한 궁금증을 안고 살아가고 있다. 요즘 이 시대를 살아가고 있는 젊은이들은 불안심리 속에 망망대해를 표류하는 배처럼 불안하기 짝이 없다. 한국 사회는 최근 국가경쟁력을 잃어가면서 국가적 위기상황에 직면해 있다고 해도 과언이 아니다.

한민족도 유대인만큼이나 명석한 두뇌를 가지고 있지만 오늘날에는 전통적인 가치관과 의식을 상실하면서 서구 사회의 물욕에

예속되어 가는 느낌이 강하게 든다. 우리는 한민족이 지녔던 '얼'과 '거룩함'을 어느 순간에 시나브로 잃어버린 것이다. 서양의 물질문명에 동화됨으로써 우리 고유의 전통문화와 정신적인 유산을 지켜나가지 못하는 결과를 낳고 말았다.

이러한 시련을 뚫고 나아가려는 한국인으로서는 유대인의 슬기와 지혜에서 많은 것을 참고할 수 있을지도 모르겠다. 유대인은 5천년 이상의 역사를 가진 민족이다. 세계의 민족 중에서 이만큼 긴 고난을 체험한 민족도 별로 없다. 또 개인으로서도 마찬가지였다. 나라가 없어서 스스로 자기의 운명을 개척해 나가야만 했다. 한국이 오늘날 직면하고 있는 가장 큰 문제는 너무나 물질적인 것에 정신을 빼앗긴 일일 것이다.

유대인은 세계의 여러 민족 중에서도 실패를 기념하는 유일한 민족일 것이다. 유대인은 지난날 나라가 망한 일, 혹은 전쟁에 패배한 날을 특별하게 기념한다. 기념한다는 것은 유대인에게 힘을 주는 것이 된다. 다른 민족이라면, 그리스인이든 로마인이든 성공만을 기념한다. 그러나 유대인은 가령 티샤 바브(Tisha B'Av, 유대교의 금식일로 국가가 파괴되고 예루살렘의 성전이 두 차례 무너진 것을 애통해 하며 금식하는 날)의 기념일이 가까워짐에 따라서 점점 회한의 정도가 더하여 간다. 석 달쯤 전부터 이 날을 애도하기 시작한다. 석 달 전에는 그렇게 강하게 슬퍼하지 않지만 두 달 전, 한 달 전으로 가까워짐에 따라 이 기념일을 슬퍼하는 말의 표현이나 기도의 정도가 강해져 간다. 그리하여 기념일 당일이 되면 가장 격렬하게 슬퍼하게 된다.

탈무드는 너무도 오래 전에 저술한 책이므로 당연히 오늘날과 맞지 않는 점도 있겠지만 우리가 살면서 느끼는 '진리'는 시대가 변하고, 세상이 아무리 바뀌어도 불변하는 법이다. 따라서 이 책에 담긴 탈무드의 본질을 깨달아 보다 지혜롭게 삶을 영위하길 바란다. 특히 이 책은 탈무드의 진리를 일깨워주기 위해 재구성되었으므로 독자들 나름대로의 이해와 인식이 요구된다.

우리는 민족적인 위기 상황에 처해 있다. 이념적으로는 북한과 적대적 관계를 유지하며 대처하고 있으며, 경제적으로는 지구촌 무한경쟁시대에 돌입하여 중국과 미국으로부터 끊임없는 도전에 직면하고 있다.

뿐만 아니라 국내외적으로는 정치지도자들의 '리더십의 위기' 국면으로 인하여 뱃사공을 잃은 신세나 다름이 없다. 지구촌 글로벌 시대에 한민족이 살아갈 길을 모색하지 않는 것은 후손들에게 죄를 짓는 행위와 별반 다르지 않을 것이다.

2019년 1월

감수자가